전락

이 도서의 국립중앙도서관 출판예정도서목록(CIP)은
서지정보유통지원시스템 홈페이지(http://seoji.nl.go.kr)와
국가자료공동목록시스템(http://www.nl.go.kr/kolisnet)에서 이용하실 수 있습니다.
(CIP제어번호: CIP2014025933)

전락

The Humbling

필립 로스 장편소설

박범수 옮김

문학동네

일러두기

1. 주석은 모두 옮긴이주이다.
2. 본문 중 고딕체는 원서에서 이탤릭체로 강조한 부분이다.

J. T.에게

1
흔적도 없이

　그는 마력을 잃고 말았다. 욕구가 소진된 것이다. 그는 무대에서 단 한 번도 실패해본 적이 없었고, 그의 연기는 하나같이 감동적이고 성공적이었다. 그런데 갑자기 끔찍한 일이 일어났다. 도저히 연기를 할 수 없었다. 무대에 오르는 것 자체가 고통스러운 일이 되었다. 그는 자신이 연기를 훌륭하게 해내리라 확신하는 대신 실패하리라는 걸 알았다. 내리 세 번이나 그런 일이 일어났다. 마지막에는 아무도 그의 연기에 관심을 갖지 않았고, 아무도 보러 오지 않았다. 그는 관객의 마음을 움직일 수 없었다. 재능이 죽어버린 것이다.
　물론 지금까지 그런 재능을 지니고 있었으니 나한텐 항상 다른 사람들과는 다른 무언가가 있는 거야. 나는 언제까지나 다른 사람들과는 다를 거야. 액슬러는 스스로를 타일렀다. 나는 나니까. 나한텐 그런 게 있거든. 사람들이 영원히 기억할 그런 것이. 하지만 팔스타프나 페르 귄트, 바냐*를 연기할 때 위력을 발휘했고 사이먼 액슬러에게 미국 고전극 최후의 가장 뛰어난 무대 배우라는 명성을 안겨주었던 그의 분위기, 그의 모든 버릇과 기벽, 그리고 그만의 특색 가운데 어떤 것도 이제 그가 맡은 배역에서 전혀 힘을 발휘하지 못했다. 그를 그이게 만들어주었던 모든 것이 이제는 그를 미치광이로 보이게 만들었다. 그는 자신이 최악의 연기로 무대에 서 있다는 걸 매 순간 의식했다. 예전에는 연기할 때 어떠한 생각도 하지 않았다. 그의 훌륭한 연기는 본능에서 나온 것이었으니까. 이제 그는 온갖 생각을 했고, 거침없고 활력 넘치던 모든 것이 죽어버렸다. 그런 것들을 생각으로 통제해보려 했는데, 오히려 파괴해버리고 말았다. 괜찮아. 액슬러는 스스로를 타일렀다. 그저 불운한 시기에 들어선 것뿐이야. 비록 육십 줄에 접어들긴 했지만, 이런 일은 내가 아직 나다운 모습일 때 그냥 지나갈지도 몰라. 슬럼프를 겪는 배우가 그가 처음은 아닐 터였다. 숱한 사람들이 겪는 일이었다. 전에도 이런 적이 있

---

* 차례로 셰익스피어의 「헨리 4세」와 「윈저의 즐거운 아낙네들」의 주인공, 헨리크 입센의 「페르 귄트」의 주인공, 안톤 체호프의 「바냐 아저씨」의 주인공.

었어. 그는 생각했다. 그러니까 뭔가 방법을 찾아낼 수 있을 거야. 이번에는 어떤 식으로 찾아낼지 모르지만 어쨌든 찾아낼 거야. 곧 지나갈 거야.

그러나 지나가지 않았다. 그는 연기를 할 수 없었다. 한때 관객의 시선을 무대에 못박아두던 그런 연기는! 그는 이제 모든 연기가 두려웠고, 온종일 두려움에 떨었다. 평생 단 한 번도 공연 전에 해본 적 없는 생각들을 하면서 하루를 보냈다. 실패할 거야, 나에겐 해낼 능력이 없어, 나는 엉뚱한 배역을 연기하고 있어, 과욕을 부리는 거야, 나는 사기를 치고 있어, 첫 대사를 어떻게 해야 할지도 모르겠어. 그러면서도 그는 꼭 준비해야 할 것 같은 온갖 일을 하는 데 시간을 할애하려 애썼다. 이 대사를 다시 한번 들여다봐야 해, 좀 쉬어야 해, 운동을 해야지, 저 대사도 다시 들여다봐야 해. 그러다보니 극장에 도착할 때쯤이면 완전히 녹초가 되었다. 그리고 무대에 오르는 것이 두려워졌다. 시작 신호가 점점 가까워지는 것을 들으며 자신이 해내지 못하리라는 것을 깨달았다. 그는 시작되는 순간의 해방감과 진짜 그 인물이 되는 순간을 기다렸고, 자신이 누구인지를 잊고 자신이 연기하는 바로 그 인물이 되기를 기다렸다. 하지만 그는 대신 완전히 텅 빈 채, 자신이 뭘 하는지 모를 때나 할 법한 연기를 하면서 무대에 서 있었다. 그는 온전히 쏟아내지도 못했고, 자제하지도 못했다. 그의 연기에는 유려함도 없었고 절제도 없었다. 그에게 연기는 뭔가를 모면하기 위해 밤마다 애써 하는 숙제 같은 것이 되어버렸다.

그것은 사람들이 그에게 말을 걸면서 시작되었다. 자신이 누군가에게 말을 하고 누가 자신에게 말을 거는 일에 그가 매료된 것은 서너 살도 채 되지 않았을 때였다. 그는 애초부터 자신이 연극 속에서 살아가고 있다고 느꼈다. 연기력이 떨어지는 배우는 목청만 높이지만, 그는 주의 깊게 듣고 집중하는 힘을 활용했다. 무대 밖에서도 그의 그런 능력은 힘을 발휘했다. 특히 그가 젊었을 때, 다른 누구의 것도 아닌 그녀들만의 이야기와 목소리, 스타일이 있다는 것을 그가 보여주기 전까지는 자신들만의 이야기가 있다는 걸 깨닫지 못했던 여자들과 상대할 때 그랬다. 그 여자들은 액슬러와 함께 여배우가 되었고, 자신들의 인생에서 여주인공이 되었다. 액슬러처럼 상대에게 대사를 말하거나 상대의 대사를 받는 무대 배우는 거의 없었지만, 이제 더이상 그는 그 어느 것도 제대로 해내지 못했다. 귀에 쏙쏙 들어오던 소리는 이제 반대쪽 귀로 흘러나가버리는 것 같았고, 자신의 입에서 나오는 모든 대사가 자연스럽기는커녕 연기처럼 느껴졌다. 그의 연기에서 첫째가는 원천은 듣기에 있었고, 들은 것에 대한 반응이 연기의 핵심이었다. 따라서 만약 주의 깊게 들을 수 없거나, 들리지 않는다면, 그는 아무것도 계속할 수 없었다.

그는 케네디 센터에서 푸로스퍼로와 맥베스*를 연기해달라는 요청을 받았다. 두 편에 동시에 출연하다니, 이보다 더 대단한 기회는 생각하기 어려웠다. 하지만 충격적이게도 그는 두 배역 모두 실패하고 말았는데, 특히 맥베스 역이 심했다. 그는 별로 격하지 않은 셰익스피어 작품도 잘해내지 못했고, 대단히 격한 셰익스피어 작품도 잘해내지 못했다. 평생 셰익스피어 작품을 해왔는데도. 그가 연기한 맥베스는 우스꽝스러웠고, 그의 연기를 본 사람들도 모두 그렇게 말했으며, 보지 않은 대다수 사람들까지 그렇게 말했다. "그래, 그 사람들은 날 모욕하러 굳이 극장까지 올 필요도 없는 거야." 그는 말했다. 많은 남자 배우가 술에 의지하게 되곤 했다. 무대에 오르기 전에 늘 술을 마시곤 했던 남자 배우가 있었는데 "술을 마셔선 안 되네"라는 경고를 듣자 그가 "뭐라고요, 맨 정신으로 저길 나가라고요?"라고 대답했다는 오래된 우스개가 있을 정도니까. 하지만 액슬러는 술을 마시지 않았다. 대신 주저앉고 말았다. 그의 몰락은 엄청났다.

최악은 그가 자신의 연기를 바라보듯 자신의 몰락을 바라본

---

* 푸로스퍼로는 셰익스피어의 「템페스트」의 주인공이고, 맥베스도 셰익스피어의 동명 희곡의 주인공.

것이었다. 고통이 정말 극심했는데도 그는 그것이 진짜인지 의심했고, 그 때문에 상황은 한층 더 악화되었다. 그는 한 순간에서 다음 순간으로 어떻게 넘어가야 할지 알 수 없었다. 정신이 녹아내리는 것처럼 느껴졌고, 혼자 있는 것이 두려웠다. 밤에도 두세 시간 정도밖에 자지 못했고, 거의 먹지도 않았으며, 매일 다락방에 있는 총―외진 농가라서 호신용으로 지니고 있던 레밍턴 870 펌프 연사식 산탄총이었다―으로 자살할 생각만 했다. 그런데도 그 모든 게 일종의 연기, 아주 엉터리인 연기처럼 보였다. 무너져내리는 인물을 연기할 때 거기엔 체계와 질서가 있다. 그러나 무너져내리는 자신을 지켜보는 건, 자신의 종말을 연기하는 건 전혀 다른 일이다. 극도의 공포와 두려움으로 가득한 일이다.

그는 스스로에게도 다른 누구에게도 자신이 푸로스퍼로 혹은 맥베스라는 것을 납득시키지 못했듯 자신이 미쳤다는 것도 스스로에게 납득시키지 못했다. 그는 미치광이로서도 가짜였다. 그가 해낼 수 있는 유일한 역할은 어떤 역을 연기하는 역할뿐이었다. 제정신이 아닌 사람을 연기하는 제정신인 사람. 상심한 사람을 연기하는 안정적인 사람. 자제력을 잃은 사람을 연기하는 자제력 있는 사람. 하찮은 인물을 연기하는 흠잡을 데 없는 위업을 달성한―머리가 벗어진 커다란 두골, 싸움꾼처럼 건장하고 털투성이인 몸, 수많은 표정이 가능한 얼굴, 단호해 보이는 턱, 엄격해 보이는 검은 두 눈, 어느 방향으로든 일그러뜨릴 수 있는 큼지막한 입, 언제나 으르렁거리는 소리가 살짝 섞인 채 몸속 깊은 데서 울려나오는 나지막하고 위엄 있는 목소리를 지닌 키 6피트 4인치*의 덩치 크고 건장한 배우이자, 어떤 것에도 맞설 수 있고 남자의 역할들을 쉽게 해낼 수 있을 것처럼 보이는 성실하고 정력적인 남자이며, 듬직한 거인의 자부심을 자기 존재 안에 흡수하기라도 한 듯 어떤 공격에도 견딜 수 있는 저항의 화신 같은—연극계의 명사. 밤이면 그는 큰 소리로 비명을 지르며 깨어났고 자신의 재능도, 이 세상에서의 자기 자리도, 자신의 본모습까지도 박탈당한 남자의 역할에 갇힌, 결점만 줄줄이 모아놓은 존재에 지나지 않는 혐오스러운 남자의 역할에 여전히 갇힌 자신을 발견하곤 했다. 아침마다 그는 몇 시간씩 침대에 숨어 있곤 했는데, 그런 역할에서 숨는다기보다는 단순히 그 역할을 연기하는 것이었다. 그리고 마침내 침대에서 일어났을 때 그가 생각할 수 있는 것이라곤 자살에 대한 게 전부였지만, 자살을 흉내내지는 않았다. 죽고 싶어하는 남자를 연기하는 살고 싶은 남자였으니까.

---

* 약 193센티미터.

한편 푸로스퍼로의 가장 유명한 대사가 그를 내버려두지 않았는데, 아마도 아주 최근에 그가 완전히 망친 대사였기 때문일 것이다. 그의 머릿속에서 어찌나 자주 되풀이되었던지, 완곡한 의미조차 없고 어떤 실재도 가리키지 않았음에도 그 대사는 얼마 지나지 않아 개인적인 의미가 충만한 주문 같은 힘을 지닌 아우성이 되어버렸다. "이제 우리의 잔치는 다 끝났다. 말한 대로 이 배우들은/ 모두 정령이었다/ 이제 다 흔적도 없이, 완전히 흔적도 없이 사라져버렸다." 그는 혼란스럽게 되풀이되는 "흔적도 없이"라는 두 마디를 머릿속에서 도통 몰아내지 못한 채 아침 내내 침대에 무력하게 누워 있었고, 그 두 마디는 점점 의미를 잃어가면서도 뭔가 모호한 비난의 분위기를 띠었다. 그의 복잡한 전인격全人格이 "흔적도 없이"라는 말에 완전히 휘둘렸다.

액슬러의 아내 빅토리아는 더이상 그를 돌봐줄 수 없었다. 그녀는 이제 그녀 자신을 챙기기도 버거웠다. 식탁에서 두 손으로 머리를 감싼 채 그녀가 차려준 식사에 손도 대지 않는 그를 볼 때마다 그녀는 울음을 터뜨리곤 했다. "조금이라도 먹어요." 그녀가 간청해도 그는 아무것도 먹지 않았고 아무 말도 하지 않았다. 곧 빅토리아는 두려워지기 시작했다. 그가 이런 식으로 무너지는 모습은 한 번도 본 적이 없었다. 팔 년 전 그의 부친이 운전

하던 차가 사고가 나서 노부모를 한꺼번에 잃었을 때도 이러지는 않았다. 당시 그는 눈물을 흘렸지만 곧 무대에 올랐다. 그는 언제나 무대에 올랐다. 상실감에 몹시 힘들어했음에도 그의 연기는 결코 흔들리지 않았다. 빅토리아가 혼란에 빠졌을 때 강해지도록 붙잡아주고 격려해준 것도 바로 그였다. 그녀의 망나니 아들은 늘 마약 때문에 말썽을 일으켰고, 늙어가는 것과 경력이 끝난 것도 그녀에겐 고통스러웠다. 실망스러운 일이 그토록 많았지만 그가 곁에 있었기에 그녀는 견뎌낼 수 있었다. 그녀가 의지했던 그 남자, 지금은 사라져버린 예전의 그가 여기에 있다면!

1950년대에 빅토리아 파워스는 발란친*이 가장 총애한 최연소 단원이었다. 그러다 무릎 부상을 당했고 수술을 받은 뒤 다시 발레를 하다 또 무릎을 다쳤다. 한 차례 더 수술을 받고 두번째로 복귀하자 이미 다른 사람이 발란친이 가장 총애하는 최연소 단원이 되어 있었다. 그녀는 두 번 다시 그 지위를 되찾지 못했다. 결혼하고, 아들을 낳고, 이혼하고, 다시 결혼하고, 다시 이혼한 뒤 그녀는 사이먼 액슬러를 만나 사랑에 빠졌다. 두 사람이 사랑에 빠지기 이십여 년 전, 액슬러가 대학을 졸업하고 처음으로 뉴욕 연극 무대에서 이름을 날리겠다고 그곳에 왔을 무렵, 그

---

* 제정 러시아 태생의 미국 무용가.

는 그녀의 발레를 보러 시티 센터에 자주 출입했다. 발레를 좋아해서가 아니었다. 섬세한 감정들을 통로로 삼아 갈망을 일으키는 빅토리아의 능력에 그의 젊은이다운 감수성이 넘어갔기 때문이었다. 그후로도 수년간 그녀는 에로틱한 페이소스의 화신으로 그에게 기억되었다. 1970년대 말, 사십대가 된 두 사람이 만났을 무렵, 그녀는 공연 요청을 받지 못한 지 오래됐음에도 매일 꿋꿋하게 근처 발레 연습실에 나가 연습을 하고 있었다. 그녀는 몸매를 유지하고 젊어 보이기 위해 가능한 모든 수단을 동원했지만, 그 무렵 그녀가 보여주는 페이소스는 예전에 그것을 예술적으로 숙련하기 위해 발휘했던 그 어떤 재능으로도 능가할 수 없는 것이었다.

케네디 센터에서의 참담한 실패와 그의 예기치 못한 몰락 이후, 패닉에 빠진 빅토리아는 아들 가까이에서 지내기 위해 캘리포니아로 도망치듯 떠났다.

갑자기 액슬러는 시골집에 혼자 남았고, 자살에 대한 두려움에 휩싸였다. 이제 그를 막을 것은 아무것도 없었다. 빅토리아가 아직 그곳에 있었을 때는 저지를 수 없을 거라 여겼던 일도 이제 거리낌 없이 저지를 수 있었다. 계단을 올라 다락방에 가서 총을 장전하고 총신을 입에 넣은 다음 팔을 뻗어 방아쇠를 당기는 일을. 총이 아내의 후속편인 셈이었다. 하지만 일단 그녀가 떠나자 그는 혼자 한 시간도 채 버티지 못했고, 다락방으로 통하는 계단의 첫 단조차 밟지 않았다. 그는 주치의에게 전화를 걸어 그날 당장 정신병원에 입원시켜달라고 청했다. 몇 분 만에 그의 주치의는 해머턴에 있는 병원을 알아봐주었다. 북쪽으로 몇 시간 거리에 있는 평판이 좋은 작은 병원이었다.

그는 이십육 일 동안 그곳에 입원했다. 일단 면담을 하고 짐을 풀고, 간호사에게 "날카로운 물건들"을 모두 넘겨주고, 그의 귀중품을 사무실에 맡기고 나자 그는 배정된 방에 혼자 남았다. 침대에 앉은 그는 이십대 초반에 배우라는 직업을 택한 이래 절대적인 확신을 갖고 연기했던 배역들을 차례차례 떠올려보았다. 지금 무엇이 그의 자신감을 파괴해버린 걸까? 그는 이 병실에서 뭘 하고 있는 걸까? 전에는 존재한 적 없는 자기 희화화가 생겨났다. 아무런 근거도 없는 자기 희화화, 그가 바로 자기 희화화 자체인 이런 일이 어쩌다 일어났을까? 그저 흐르는 세월이 가져다준 쇠퇴와 몰락일 뿐인 걸까? 그저 노화의 징후일까? 그의 외모는 여전히 인상적이었다. 배우로서 그의 목표도 변함없었고, 배역을 공들여 준비하는 습관 또한 여전했다. 그 오랜 세월 동안 연극계에서 그보다 더 철저하고 쉼없이 연구하고 신중한 사람은 없었고, 자신의 재능을 그보다 더 잘 관리한 사람도 없었으며,

끊임없이 변화하는 연극계 환경에 그보다 더 잘 적응해온 사람도 없었다. 그의 배우 생명이 이토록 갑작스럽게 끝나버린 것은 불가해한 일이었다. 마치 어느 날 밤 그가 잠들어 있는 동안 배우로서 그의 삶이 지닌 무게와 실체가 무력화되어버린 것 같았다. 무대에 올라 자기 대사를 치고 상대의 대사를 받는 능력, 그것이야말로 중요한 것이었고, 그것이 바로 그에게서 사라져버린 것이었다.

그를 진료했던 정신과 의사 파 박사는 그에게 닥친 상황에 정말로 원인이 없는 것인지 의문을 품었다. 파 박사는 매주 두 번 있는 면담 시간에 액슬러에게, 박사 자신이 "보편적인 악몽"이라고 묘사한 증세가 갑자기 나타나기 이전에 액슬러의 삶이 어떤 상황이었는지 되짚어보라고 했다. "보편적인 악몽"이라는 말은 곧, 이 배우가 극장에서 겪은 불운이, 즉 무대에 서긴 했으나 연기를 할 수 없다는 사실을 깨닫고 그 실패에 충격을 받은 일이 사면 액슬러처럼 전문 배우가 아닌 꽤 많은 사람들도 꾸는 스스로에 대한 뒤숭숭한 꿈의 내용이라는 의미였다. 무대에 서긴 했으나 연기를 할 수 없다는 것은 거의 모든 환자가 한 번쯤은 털어놓는 흔해빠진 꿈의 유형에 속했다. 그런 꿈과, 사람들로 붐비는 도시의 대로를 알몸으로 걷는 꿈, 혹은 중요한 시험을 앞두었는데 준비를 전혀 못한 꿈, 혹은 절벽에서 떨어지는 꿈, 혹은 고속도로를 달리는데 브레이크가 고장난 꿈. 파 박사는 액슬러에게 결혼생활, 부모의 죽음, 마약중독자인 의붓아들과의 관계, 어린 시절, 사춘기, 초기 배우생활, 그가 스무 살 때 루푸스로 세상을 뜬 누나에 대해 이야기해보라고 했다. 의사는 특히 그가 케네디 센터의 무대에 오르기 몇 달 전부터 몇 주 전 사이의 일을 자세히 듣고 싶어했고, 그 기간 동안 크든 작든 평소와 다른 일이 일어난 기억이 없는지 알고 싶어했다. 액슬러는 자신에게 나타난 증상의 원인을 찾을 수 있도록, 그래서 자신의 재능을 되찾을 수 있도록 있는 그대로 털어놓으려 애썼다. 하지만 그가 아는한, 호의적이고 경청하는 태도로 마주앉은 정신과 의사에게 그가 들려준 어떤 이야기에도 "보편적인 악몽"의 원인이라 할 만한 것은 없었다. 그리고 그 사실이 상황을 한층 더 악몽같이 만들어놓았다. 그럼에도 그는 어쨌든 의사와 면담할 때마다 이야기를 털어놓곤 했다. 안 될 것이 뭐가 있겠는가? 고통이 일정 단계에 이르면 인간은 자신에게 무슨 일이 일어났는지 설명하기 위해 무슨 짓이라도 하게 마련이다. 설사 그 설명이 무엇 하나 해명하지 못하고 결국 실패한 또하나의 설명에 지나지 않는다는 사실을 알더라도.

병원에 입원한 지 이십 일 정도 지난 어느 날 밤, 그는 새벽 두세시에 깨어 동틀 때까지 공포에 휩싸인 채 뒤척이는 대신 아침

여덟시까지 내리 푹 잤다. 일곱시 사십오분에 식당에서 다른 환자들과 같이 아침식사를 한 다음 집단치료, 미술치료, 파 박사의 진찰, 다년간 계속된 그의 척추 통증을 치료하기 위해 최선을 다하는 여자 물리치료사의 치료 등이 포함된 하루 일과를 시작할 수 있도록 간호사가 그를 깨우러 와야 했을 정도로, 병원 기준으로는 너무 늦은 시간까지 잔 것이었다. 환자들의 깨어 있는 시간은 매일 이런저런 활동과 진료 예약으로 채워졌는데, 환자들이 방에 틀어박힌 채 침대에 누워 우울하고 비참한 기분을 곱씹거나, 서로 모여 앉아 자신들이 시도해본 자살 방식에 대해 이야기를 주고받는 것을 막기 위해서였다. 어쨌든 대다수 환자가 저녁만 되면 그런 이야기를 나누긴 했지만.

몇 차례인가 그도 휴게실 구석에 작은 집단을 이루고 앉아 있는 자살 시도 환자들 틈에 끼어 그들이 얼마나 열정적으로 죽을 계획을 세웠었는지 회상하고 어쩌다 실패했는지 애석해하는 이야기에 귀를 기울인 적이 있었다. 그들은 하나같이 자신의 자살 시도는 위대했으며, 성공하지 못하고 살아남은 것은 치욕이라는 생각에 여전히 빠져 있었다. 인간이 실제로 자살할 수 있다는 것, 자신의 죽음을 스스로 좌지우지할 수 있다는 것은 그들 모두를 매혹하는 원천이었고, 남자아이들이 스포츠 이야기를 떠들어대는 것과 마찬가지로 그들에게는 그것이 자연스러운 화제였다.

몇몇은 자살을 시도했을 때 자신을 엄습한 느낌이 사이코패스가 살인을 저지를 때 느낄 법한 쾌감과 유사했다고 묘사했다. 한 젊은 여자가 말했다. "우리는 스스로한테도 주변 모든 사람한테도 무기력하고 완전히 무능한 존재처럼 여겨지지만, 그럼에도 세상 모든 행위 가운데 가장 하기 어려운 걸 실행하기로 마음먹을 수 있어요. 그게 기분을 돋워주죠. 기운나게 해주고요. 행복감도 느끼게 해줘요." "맞아요." 다른 사람이 그 말을 받았다. "무시무시한 행복감을 느끼죠. 파탄 난 인생에 중심을 잡아줄 거라곤 없고 우리 마음대로 할 수 있는 거라곤 자살뿐이니까요." 퇴직한 교사로 자기 차고에서 목을 맸던 나이 지긋한 남자가 "아웃사이더"가 자살을 생각하는 방식에 대해 일장 연설을 늘어놓기 시작했다. "자살을 두고 누구나 하게 되는 한 가지 행동은 자살에 대해 설명하는 겁니다. 설명하고, 판단을 내리죠. 남겨진 사람들에게 자살이란 매우 무시무시한 일이에요. 자살에 대한 견해가 필요할 정도로요. 어떤 사람들은 자살을 비겁한 행동이라고 생각하죠. 어떤 사람들은 범죄라고, 살아남은 사람들에게 죄를 짓는 거라고 생각하고요. 영웅적이고 용기 있는 행위로 여기는 관점도 있죠. 그다음으로 결벽주의자들이 있습니다. 그들이 문제 삼는 건 이겁니다. 정당한 자살인가, 충분한 이유가 있었는가? 심리학자들의 견해는 좀더 임상적인데, 징계하려 하거나 이상화하려 하지도 않아요. 그냥 자살자의 정신 상태를, 자살할 때 그가 어떤 정신 상태에 있었는지를 설명해보려 하죠." 그는 마치 다른 사람들처럼 번민하는 환자가 아니라 밤낮으로 그들을 사로잡고 있는 그 주제에 대해 설명하기 위해 초빙된 강사라도 되는 듯이 거의 매일 밤 그런 식의 이야기를 지루하게 늘어놓았다. 어느 날 저녁 액슬러는 자신의 생각을 이야기했다. 그러면서 연기를 그만둔 이래 가장 많은 관객 앞에서 연기하고 있다는 것을 깨달았다. "자살은 우리가 스스로를 위해 창작한 역할이에요." 그는 말했다. "우리는 그 글 안에 존재하면서 그 역을 연기하는 겁니다. 모든 게 신중하게 연출되지요. 자기 시신이 어디서 발견될 것인가, 어떻게 발견될 것인가." 그런 다음 덧붙였다. "단, 공연은 한 번만 가능합니다."

그들은 부끄러운 줄도 모르고 모든 사생활을 술술 털어놓았다. 자살은 대단히 거창한 목표, 산다는 것은 증오스러운 조건으로 여겨졌다. 그가 만난 환자 가운데 몇몇은 그가 출연한 몇 편 안 되는 영화를 본 덕분에 곧바로 그를 알아보긴 했지만, 자기 자신과의 싸움들에 너무 몰두해 있어서 누구에게나 그러듯 그에게도 특별히 호의를 가질 여력이 없었다. 병원 직원들도 연극배우로서 그의 명성에 오래 정신을 팔기에는 몹시 바빴다. 병원에서 그는 다른 사람들에게뿐 아니라 그 자신에게도 거의 존재감이 없었다.

하룻밤 단잠의 기적을 재발견하고 간호사가 아침식사를 하라며 깨워야 했던 그 순간부터 그는 두려움이 사그라지는 것을 느끼기 시작했다. 병원에서 그에게 우울증 치료제를 한 번 투여했었는데, 그에게 맞지 않았다. 두번째 치료제를 투여했고, 마지막 세번째로 견디기 힘든 부작용이 전혀 없는 치료제를 투여했지만, 그 약이 효과를 발휘했는지 그는 알 도리가 없었다. 증세가 호전된 게 약이나 정신상담이나 집단치료나 미술치료 덕분이라고는 도저히 믿을 수 없었다. 그 모든 게 공허한 의식처럼 느껴졌으니까. 퇴원 날짜가 점점 다가오자 그는 자신에게 일어난 일이 세상 그 어떤 일과도 관련 없는 것처럼 여겨져 두려움을 떨칠 수 없었다. 그가 파 박사에게 말했던 것처럼, 그리고 박사와 면담하는 동안 원인을 찾기 위해 최선을 다하려 애쓰면서 더욱 확신하게 된 것처럼, 그는 별다른 이유도 없이 배우로서의 마력을 잃었다. 비록 당분간이기는 하겠지만 자기 인생을 끝내버려야겠다는 욕망이 썰물처럼 빠져나가기 시작한 것만큼이나 영문을 알 수 없는 일이었다. "특별히 이유가 있어서 일어나는 일은 하나도 없습니다." 그날 오후 늦게 그는 의사에게 말했다. "우리는 잃기도 하고 얻기도 해요. 전부 종잡을 수 없는 일이죠. 종잡을 수 없음이 지닌 무한한 힘. 반전 가능성. 그래요, 예측 불가한 반전과 그것이 지닌 위력이죠."

퇴원이 얼마 남지 않았을 때 그는 친구를 사귀었는데, 두 사람은 매일 밤 함께 식사를 했고, 그녀는 자신의 사연을 되풀이해 이야기했다. 그는 미술치료 시간에 그녀를 처음 만났다. 이후 두 사람은 식당의 이인용 식탁에 마주앉아 데이트하는 남녀처럼, 또는 삼십 년이라는 나이 차이를 고려한다면 아버지와 딸처럼 이야기를 나누곤 했다. 비록 그 내용이 그녀의 자살 시도에 관한 것이긴 했지만. 두 사람이 만난 건 그녀가 입원하고 이삼일이 지났을 때였는데, 미술치료실에 치료사 말고는 그들 둘뿐이었다. 치료사는 두 사람이 유치원생이라도 되는 듯 백지 몇 장과 크레용 한 상자를 건네주고 뭐든 원하는 걸 그려보라고 했다. 어린이용 의자와 탁자만 있으면 되겠군. 그는 생각했다. 치료사의 기대에 부응하기 위해 두 사람은 십오 분 동안 말없이 그림을 그렸고, 마찬가지로 치료사를 실망시키지 않기 위해 둘 다 상대방의 그림에 대한 평에 귀를 기울였다. 그녀는 정원이 딸린 집 한 채를 그렸고, 그는 그림을 그리는 자기 모습을 그렸다. 치료사가 그에게 무엇을 그린 거냐고 묻자 그는 대답했다. "정신이 망가져 제 발로 정신병원에 들어온 남자가 미술치료를 받으러 가서 치료사에게 그림을 그리라는 요구를 받는 그림이오." "그럼 사이먼 씨, 당신의 그림에 제목을 붙인다면 뭐가 좋을까요?" "그거야

쉽소. '젠장 대체 내가 여기서 뭘 하는 거지?'"

두 사람과 함께 미술치료를 받을 예정이었던 환자 다섯 명은 그저 누워 우는 것 외엔 아무것도 할 수 없는 상태라 침상으로 돌아갔거나, 아니면 응급 상황이라도 벌어진 것처럼 예약도 않고 의사의 진료실로 쳐들어가서 대기실에 앉아 있었다. 아내, 남편, 자식, 상사, 모친, 부친, 남자친구, 여자친구 등 누가 됐든, 두 번 다시 만나고 싶지 않은 사람에 대해, 또는 상대가 고함을 지르거나 폭력을 쓰거나 폭력을 쓰려는 위협만 하지 않는다면 의사 입회하에 만날 용의가 있는 사람에 대해, 또는 끔찍이 그립고 그 사람 없이는 살 수 없어 되돌아갈 수만 있다면 무슨 짓이든 할 수 있는 사람에 대해 푸념을 늘어놓기 위해서. 그들은 하나같이 부모를 비난하려고, 형제를 헐뜯으려고, 배우자를 비하하려고, 스스로를 옹호하거나 맹렬히 비난하거나 동정하려고 차례를 기다리며 앉아 있는 것이었다. 개중 자신의 불만으로 인한 고통 이외의 뭔가에 아직은 집중할 수 있는, 아니면 집중하는 척이라도 할 수 있거나 집중하려고 노력이라도 할 수 있는 한두 사람은 의사와의 면담을 기다리며 〈타임〉이나 〈스포츠 일러스트레이티드〉를 건성으로 풀풀 넘기거나 지역신문을 집어들고 십자말풀이를 맞춰보려 했다. 그 외 사람들은 모두 내면에 온 신경을 집중한 채 통속심리학이나 저속한 음담패설, 혹은 그리스도의 고난,

혹은 편집증과 관련된 병리학 어휘들을 동원해 근친상간, 배신, 불의, 잔인함, 복수, 질투, 경쟁, 욕망, 상실, 불명예, 슬픔 같은 고대 극문학의 주제들을 되뇌면서 음울하게 침묵을 지키고 앉아 있었다.

요정 같은 인상에 피부가 창백하고 머리칼은 암갈색인 그녀는 자기 나이의 사분의 일 정도인 병약한 여자애로 보일 만큼 바짝 야위고 허약했다. 이름은 시블 밴 뷰런이었다. 이 배우의 눈에는 그녀의 서른다섯 살 먹은 신체가 강해지기를 거부할 뿐 아니라 강한 기색만 보여도 두려워하는 것으로 비쳤다. 그럼에도, 그러한 섬약함에도 불구하고 그녀는 미술치료를 끝내고 환자들이 생활하는 건물로 통하는 오솔길을 올라가며 그에게 이렇게 말했다. "나랑 같이 저녁 먹지 않을래요, 사이먼 씨?" 놀라운 일이었다. 그녀의 내면에 고갈되지 않은 소망 같은 게 아직도 존재하다니. 그게 아니었다면, 그녀에게 약간의 운이 따른다면 그들 사이에 불이 붙어 그녀가 마음속에 품고 있던 일을 해낼 수 있을 거라는 희망에서 그와 같이 있고 싶어했던 것이리라. 그는 그러기에 충분할 만큼 덩치가 컸다. 작은 표류 화물 꾸러미 같은 그녀에겐 고래에 비할 수 있을 정도로. 심지어 이런 곳에서도, 아무리 안정되어 보여도 약물의 도움 없이는 허세는 고사하고 목구멍 깊숙한 곳에서 소용돌이치는 공포감조차 그리 오래 억누르지 못하는 이런 곳에서도 그는 한때 그를 독창적인 오셀로로 만들어주었던 위협적인 사내의 느긋하고 뽐내는 듯한 걸음걸이를 잊지 않고 있었다. 따라서, 그렇다, 만약 그녀가 인생을 완전히 망치고 싶은 희망을 여전히 갖고 있다면, 그것은 그와 친해지는 것에 달렸는지도 몰랐다. 어쨌든 그것이 그가 처음에 했던 생각이었다.

"전 정말 오랫동안 신중해야 한다는 속박 속에서 살아왔어요." 그들이 처음 만난 날 저녁식사 자리에서 시블은 말했다. "정원을 가꾸고 바느질을 하고, 뭐든 수리할 줄 알고, 화려한 디너파티도 여는 뛰어난 주부였어요. 두말할 것 없이 헌신적으로 아이들을 키우는 전통적인 주부였고, 부유하고 영향력 있는 남자의 조용하고 한결같고 충실한 조력자였죠. 하잘것없는 인간의 일반적인 삶이었어요. 음, 전 식료품을 사러 집을 나섰어요. 그보다 더 평범한 일이 어디 있겠어요? 세상에 누가 그런 일을 걱정이나 하겠어요? 딸아이는 뒷마당에서 놀고 있고, 어린 아들은 위층 요람에 잠들어 있고, 부유하고 영향력 있는 두번째 남편은 텔레비전으로 골프 경기를 보고 있었어요. 슈퍼마켓에 도착했는데 지갑을 안 가져왔길래 차를 돌려 집으로 돌아왔어요. 아들은 여전히 자고 있었어요. 거실 텔레비전에서도 여전히 골프 경기가 나오고 있었고요. 그런데 여덟 살 난 내 사랑스러운 딸 앨리슨이 팬티가

벗겨진 채 소파에 앉아 있었어요. 부유하고 영향력 있는 두번째 남편이라는 작자는 거실 바닥에 무릎을 꿇고 딸아이의 통통하고 귀여운 두 다리 사이에 머리를 처박고 있었고요."

"그 작자는 거기다 무슨 짓을 하고 있었던 거요?"

"남자들이 거기다 대고 하는 짓이오."

액슬러는 울음을 터뜨린 그녀를 지켜보며 아무 말도 하지 못했다.

"제가 그린 그림을 보셨죠." 이윽고 그녀가 말했다. "정원 가득 꽃이 핀 예쁜 집에 햇살이 눈부시게 쏟아지는 그림. 제가 어떤 사람인지 아시겠죠. 누구라도 알 거예요. 전 뭐든지 가장 좋은 쪽으로만 생각하는 사람이에요. 전 그런 식으로 생각하길 좋아하고, 제 주변 사람들도 전부 그래요. 그 인간은 무릎을 떼고 일어서더니 아주 태연한 얼굴로 딸아이가 가렵다고 보채며 거길 계속 긁어대길래 그러다 생채기라도 낼까봐 괜찮은지 한번 들여다본 거라고 말하더군요. 그러곤 괜찮은 것 같다고 절 안심시키는 거예요. 당연히 돌기 하나, 상처 하나, 뾰루지 하나 볼 수 없었겠죠…… 그앤 원래 아픈 데가 없었으니까. '그래요.' 나는 대꾸했어요. '지갑을 놓고 가서 돌아온 거예요.' 그러고는 지하실로 가서 그 인간의 사냥용 라이플을 가지고 올라와 그 인간의 몸에 총알을 잔뜩 박아넣는 대신 주방에서 지갑을 찾아 들고 '그럼 갔다 올게'라고 말한 다음 마치 제가 목격한 게 정말로 평범한 일이라도 되는 것처럼 슈퍼마켓으로 다시 간 거예요. 전 정신이 나가서 멍하니 쇼핑카트 두 개를 가득 채웠어요. 슈퍼마켓 지배인이 목놓아 우는 절 발견하고 괜찮은지 물으러 다가오지 않았다면 아마 두 개, 네 개, 여섯 개는 족히 채웠을 거예요. 그 지배인은 자기 차로 절 집까지 태워다줬어요. 제 차는 주차장에 세워둔 채 차를 얻어 타고 집에 왔죠. 계단도 제대로 올라가지 못했어요. 침대까지 부축을 받아야 했죠. 말도 못하고 먹지도 못하고 화장실도 겨우 오가며 나흘을 침대에 누워 있었어요. 소문은 이렇게 났죠. 제가 열병에 걸려 의사가 꼼짝 말고 누워만 있으라고 지시했다고요. 부유하고 영향력 있는 두번째 남편은 어느 때보다 절 걱정했어요. 내 사랑스러운 딸 앨리슨은 다정하게도 정원에서 꽃을 꺾어 꽃병에 담아 가져왔고요. 전 그애에게 물어볼 수 없었어요. 도저히 이런 말을 할 엄두가 안 났어요. '누가 네 팬티를 벗겼니? 혹시 나한테 하고 싶은 말 없니? 정말 가려운 데가 있었으면 엄마가 장을 보고 돌아올 때까지 기다렸다 엄마한테 보여줬어야지. 하지만 애야, 혹시 가려운 데가 없었다면…… 애야, 정말로 네가 겁이 나서 엄마한테 말 못하는 게 있으면……' 하지만 겁먹은 건 저였어요. 물어보지 못했으니까요. 나흘쯤 지나자 저는 모든 게 제 상상이라고 스스로를 납득시켰어요. 그리고 두 주 후, 앨리슨은 학교에 가고 남편은 직장에 가고 어린 아들은 낮잠을 자고 있을 때 전 와인이랑 발륨*이랑 비닐 쓰레기봉투를 꺼냈어요. 하지만 질식 상태를 견디지 못했어요. 공포에 질렸죠. 약과 와인을 먹었는데도 공기가 없다는 생각이 들자 서둘러 봉투를 벗어버렸어요. 전 제가 뭘 더 지독히 후회하는지 모르겠어요. 자살 시도를 한 건지, 아니면 자살에 실패한 건지. 제가 원하는 건 그 인간을 쏴 죽이는 것뿐이에요. 그런데 오히려 그 인간은 지금 아이들하고 같이 있고, 전 여기 있어요. 눈에 넣어도 아프지 않을 내 딸이 지금 그 인간하고 혼자 있어요! 그럴 순 없잖아요! 그래서 여동생한테 전화해 우리집으로 가서 애들하고 있어달라고 부탁했어요. 그런데 남편이 여동생을 거기서 못 자게 했대요. 그럴 필요 없다면서. 그래서 여동생은 그냥 나왔어요. 제가 뭘 할 수 있겠어요? 전 여기 있고 앨리슨은 거기 있는데! 전 무력해요! 전 제가 했어야 할 일을 아무것도 하지 않았어요! 누구라도 했을 일을 전혀 안 했다고요! 딸애를 데리고 의사한테 달려갔어야 했어요! 경찰을 불렀어야 했어요! 그건 범죄행위니까! 그런 짓을 금하는 법이 있으니까! 그런데 전 아무것도 안 했어요! 하지만 그 인간은, 아시다시피 아무 일도 없었다고

---

* 신경안정제.

했죠. 그 인간은 제가 히스테리 상태라고, 망상에 빠진 거라고, 제정신이 아니라고 했어요. 하지만 전 멀쩡해요. 맹세해요. 사이먼 씨, 전 미치지 않았어요. 그 인간이 그짓을 하는 걸 봤다고요."

"끔찍하군. 패륜적인 범죄요." 액슬러는 말했다. "당신이 이렇게 된 이유를 알겠소."

"그건 죄악이에요. 사람이 필요해요." 그녀는 나직이 속셈을 털어놓았다. "그 사악한 인간을 죽여줄 사람요."

"그 일을 기꺼이 해줄 사람을 분명 찾을 수 있을 거요."

"당신은 안 돼요?" 시블이 작은 목소리로 물었다. "보수는 드릴게요."

"내가 청부 살인자라면 거저 해줬을 거요." 그녀가 내민 손을 잡으며 액슬러는 말했다. "순진무구한 어린아이가 성폭행을 당하면 사람들은 분노에 전염되니까. 하지만 난 일자리를 잃은 배우일 뿐이오. 내가 나섰다간 일을 망치고 우리 둘 다 철창신세가 될 거요."

"아, 전 어떻게 해야 하죠?" 그녀가 물었다. "사이먼 씨라면 어떻게 하시겠어요?"

"강해질 거요. 아이들이 있는 집으로 돌아갈 수 있게 의사 말 잘 듣고 가능한 한 빨리 강해지려고 노력해봐요."

"사이먼 씨는 제 말을 믿으시죠, 그렇죠?"

"당신이 본 그걸 정말 봤다고 확신하오."

"함께 저녁 먹을 수 있는 거죠?"

"내가 여기 있는 한은." 그는 말했다.

"사이먼 씨는 절 이해해주실 거라는 걸 미술치료 시간에 알았어요. 사이먼 씨 눈엔 너무도 많은 고통이 어려 있거든요."

액슬러가 병원을 나오고 몇 개월 지나지 않아 그의 의붓아들이 약물 과용으로 숨졌고, 직업을 잃은 무용가와 직업을 잃은 배우의 결혼생활은 불행하게 얽힌 수많은 남녀의 사연들에 또 하나를 보태며 이혼으로 끝을 맺었다.

어느 날 정오 무렵 검은색 타운카 한 대가 집 앞 진입로로 들어와 헛간 옆에 멈춰 섰다. 기사가 딸린 메르세데스였는데, 뒷좌석에서 내린 몸집이 작은 백발 사내는 그의 에이전트인 제리 오펜하임이었다. 그가 입원한 이후 제리는 매주 뉴욕에서 안부 전화를 걸었지만, 언제부턴가 그가 에이전트의 전화를 포함해 거의 모든 사람의 전화를 받지 않기로 한 까닭에 서로 통화하지 않고 지낸 지 여러 달째였으므로 제리의 방문은 뜻밖이었다. 그는 여든이 넘은 제리가 한 손에 꾸러미를, 다른 손에 꽃다발을 들고 현관까지 깔린 징검돌을 조심스럽게 디디며 걸어오는 모습을 지켜보았다.

그는 제리가 노크할 기회도 주지 않고 문을 열었다.

"내가 집에 없으면 어쩌려고요?" 그는 제리가 문턱을 넘는 것을 도우며 물었다.

"운에 맡겨봤네." 부드러운 미소를 지으며 제리가 말했다. 그는 전반적으로 인상이 부드럽고 점잖은 사람이었지만, 의뢰인을 위해서는 결코 고집을 꺾지 않았다. "그래, 적어도 몸은 좋아 보이는군. 희망이라곤 전혀 없다는 듯한 표정만 제외한다면, 사이먼, 전혀 나빠 보이지 않네."

"당신도요. 아주 말쑥해 보이는데요." 액슬러는 말했다. 그는 여러 날 동안 옷도 갈아입지 않고, 면도도 하지 않은 터였다.

"꽃을 좀 가져왔네. 딘 앤드 델루카에서 점심 도시락도 사 왔지. 점심은 들었나?"

아침조차 먹지 않은 터라 그는 그저 어깨를 으쓱이고는 선물을 받아들고 제리가 코트를 벗는 것을 도왔다.

"뉴욕에서 여기까지 차를 몰고 오다니." 그는 말했다.

"그래. 자네가 잘 지내는지도 보고 직접 만나 할 이야기도 있어서. 자네한테 전해줄 소식이 있네. 거스리 극장에서 「밤으로의 긴 여로」*를 무대에 올릴 거라더군. 극장에서 자네한테 얘기해봐

---

* 미국 극작가 유진 오닐의 희곡.

달라고 전화가 왔네."

"왜 납니까? 난 연기할 수 없어요, 제리. 다들 알잖아요."

"아무도 그런 줄 모르네. 아마 자네가 정서적으로 곤란을 겪고 있다는 건 알 거야. 그렇다고 자네를 별종 취급하진 않아. 그 작품은 다음 겨울에 무대에 올린다는군. 무대가 지독하게 춥긴 하겠지만, 자넨 제임스 타이론을 멋지게 연기할 수 있을 걸세."

"제임스 타이론은 대사 분량이 엄청난 역인데, 난 소화 못해요. 제임스 타이론은 인물에 완전히 몰입해야 하는 역인데, 난 제임스 타이론이 될 수 없어요. 난 절대 제임스 타이론을 연기할 수 없어요. 난 아무것도 연기할 수 없다고요."

"이보게, 자넨 워싱턴 공연에서 갑작스럽게 좌절했네. 그런 일은 누구든 언젠가는 겪게 마련이야. 철통같이 보호받을 수 있는 예술 분야는 없네. 사람들은 알 수 없는 이유로 장애와 맞닥뜨리지. 하지만 그 장애는 일시적인 방해물이야. 장애는 사라지고 앞으로 나아가는 거지. 일류 배우 가운데 좌절감을 맛보지 않았거나, 배우 생명이 끝장났다고 느껴본 적이 없거나, 지금 겪고 있는 힘든 시기를 벗어날 수 없을 거라고 생각해보지 않은 사람은 하나도 없네. 대사 중간에 갑자기 막막해져서 자신이 지금 어디 있는지도 모르게 되는 순간을 겪어본 적 없는 배우는 하나도 없다고. 하지만 매번 무대에 설 때마다 새로운 기회가 주어지지. 배우는 자기 재능을 회복할 수 있네. 사십 년 동안 한 번도 무대를 떠나지 않고 익힌 기술이니 잃어버릴 리 없네. 자넨 어떻게 등장해 어떻게 의자에 앉는지 여전히 잘 알고 있네. 존 길구드*는 화가나 작가가 됐더라면 하고 바란 게 여러 번이었다고 이야기하곤 했네. 그러면 저녁 공연에서 망친 연기를 거둬들여 자정에 싹 없앤 다음 다시 연기할 수 있을 거라고. 하지만 그럴 수 없었지. 그냥 그 자리에서 연기를 해야 했어. 어떤 연기도 제대로 할 수 없게 되면서 길구드는 대단히 힘든 시간을 보내야 했네. 올리비에**도 마찬가지였어. 올리비에는 지독한 시기를 보냈어. 끔찍한 문제가 있었거든. 그는 어떤 배우와도 눈을 맞추지 못했네. 그래서 다른 배우들에게 말했지. '제발 날 쳐다보지 말게. 그러면 난 패닉에 빠지고 만다네.' 한동안 그는 무대에 혼자 설 수 없었어. 그래서 다른 배우들에게 말했지. '무대에 날 혼자 내버려두지 말아주게.'"

"나도 아는 얘기예요, 제리. 다 들어봤어요. 나하곤 상관없는 얘기예요. 예전에는 회복되는 데 이틀이나 사흘 밤을 넘긴 적이 없어요. 이틀이나 사흘 밤 동안 생각하곤 했죠. '난 실력이 있어.

---

* 영국의 배우이자 연출가로 셰익스피어극의 일인자였다.

** 로런스 올리비에. 셰익스피어극 연기로 유명했던 영국 배우이자 연출가.

단지 제대로 발휘하지 못했을 뿐이야.' 어쩌면 관객들은 아무도 몰랐을지 모르지만 난 알았어요. 실력 발휘를 못했다는 걸. 그런 날 밤은 견디기가 힘들지만, 나도 알아요, 그래도 어떻게든 그럭저럭 넘어가요. 달리 어쩔 도리가 없을 때 그럭저럭 넘어가는 거라면 그냥 넘어가는 데 익숙해질 수 있죠. 하지만 그건 전적으로 다른 문제예요. 정말 형편없는 연기를 했을 때 나는 밤새도록 뜬눈으로 누워 생각하곤 했어요. '재능을 잃었어, 나한텐 재능이 없어, 아무것도 할 수 없어.' 그렇게 몇 시간을 보내다 갑자기, 아침 다섯시나 여섯시쯤 뭐가 잘못되었는지 이해하곤, 그날 저녁 극장에 가서 무대에 오르고 싶어 안달하곤 했어요. 그리고 무대에 오르면 절대 실수하지 않았어요. 날아갈 것 같은 기분이었죠. 빨리 무대에 오르고 싶어 안달하는 날들, 나와 배역의 결합이 완벽해 무대라는 바다로 출항하는 것이 행복하지 않은 순간이 단 한 번도 없는 날들이 있어요. 소중한 날들이죠. 내 인생엔 오랫동안 그런 날들이 이어졌어요. 하지만 그런 시절은 갔어요. 이제 무대에 오른다면 내가 왜 거기 서 있는지조차 모를 거예요. 어디서부터 시작해야 할지도 모를 거예요. 예전엔 여덟시 공연을 위해 극장에서 세 시간 동안 준비하곤 했어요. 여덟시쯤 되면 그 배역에 깊이 빠져 있었죠. 무아지경이라고나 할까요, 유용한 무아지경요. 「가족의 재회」*에 출연했을 때는 내가 등장하는 장면

이 시작되기 두 시간 반 전부터 극장에 가서 복수의 여신들에게 쫓기는 장면에서 어떻게 등장하면 좋을까 궁리했어요. 어려운 부분이었지만 난 해냈어요."

"자넨 다시 해낼 수 있네." 제리가 말했다. "자넨 자신이 누구인지, 자신이 뭘 이루어냈는지 잊은 거야. 자네 인생이 수포로 돌아갈 리 없네. 무대에서 자넨 언제나 내가 전혀 예상치 못했던 방식으로 연기하곤 했네. 숱한 세월 동안 그러한 연기로 헤아릴 수 없을 만큼 자주 관객을 전율케 했고, 나 또한 전율케 만들었지. 자네는 다른 배우들이 흔히 할 법한 뻔한 연기에서 가능한 한 멀리 나아갔어. 틀에 박힌 연기자가 되려야 될 수 없었지. 자넨 어디로든 나아가고 싶어했지. 밖으로, 밖으로, 밖으로, 갈 수 있는 한 가장 멀리 말일세. 그리고 관객은 자네가 자신들을 어디로 이끌고 가든 매 순간 자네를 신뢰했지. 물론 그렇지, 세상에 영원히 확고한 건 없네. 그런 것처럼 어떤 것도 영원히 잃을 순 없다네. 자네 재능은 잠시 제자리를 벗어난 것뿐이네. 그뿐일세."

"아니요, 사라졌어요, 제리. 난 두 번 다시 예전처럼 할 수 없어요. 사람은 자유롭거나 자유롭지 않거나 둘 중 하나예요. 자유로워서 쌩쌩하게 실재하는 진짜 재능을 가졌거나 아무것도 없거

_____

* 미국의 시인이자 극작가 T. S. 엘리엇의 희곡.

나 둘 중 하나라고요. 난 더는 자유롭지 않아요."

"알겠네. 일단 점심이나 같이하세. 꽃은 물에다 좀 꽃아두게. 집이 아주 좋아 보이는군. 자네도 좋아 보이고. 체중이 약간 준 것 같지만, 여전히 예전 모습 그대로야. 식사는 제대로 하고 있어야 할 텐데."

"먹고 있어요."

하지만 화병에 꽃은 꽃을 사이에 두고 주방 식탁에 마주앉자 액슬러는 먹을 수가 없었다. 제임스 타이론을 연기하기 위해 무대로 걸어나가는 자신과 객석에서 폭소를 터뜨리는 관객들이 눈앞에 떠올랐다. 불안감과 두려움이 그 정도로 적나라했다. 사람들은 무대 위에 있는 게 그이기 때문에 웃을 것이다.

"뭘 하며 지내나?" 제리가 물었다.

"산책하고, 자고, 허공만 바라보고 있어요. 뭐라도 읽어보려 애쓰고, 매시간 최소한 일 분이라도 나 자신을 잊으려고 애써요. 뉴스도 봐요. 최신 뉴스까지 다 꿰고 있죠."

"만나는 사람은 있나?"

"제리 당신요."

"자네처럼 재능 있는 사람이 이런 식으로 살아서야 쓰나."

"여기까지 먼길을 와준 건 고맙지만, 제리, 난 거스리에서 연기할 수 없어요. 이제 난 그 세계와 상관없는 사람이에요."

"그렇지 않네. 자넨 실패를 두려워하는 것뿐일세. 하지만 다 지나간 일이야. 자넨 자네의 시각이 얼마나 편향적으로 변해버렸는지, 편집광 같아졌는지 깨닫지 못하고 있어."

"그 비평을 내가 썼던가요? 이 편집광이 그 비평들을 썼나요? 그들이 내 맥베스 연기에 대해 쓴 글들이 내가 쓴 거냔 말입니다. 내 연기는 우스꽝스러웠고, 그들도 그랬다고 썼어요. 나는 그저 이렇게 생각하려 했어요. '난 그 대사를 잘 끝냈어. 정말 다행히도 그 대사를 잘 끝냈어.' 또 이렇게 생각하려고도 했어요. '어젯밤만큼 나쁘진 않았어.' 사실 전날 밤보다 더 못했는데도 말이죠. 내 모든 연기가 어색하고 귀에 거슬렸어요. 내 목소리의 그 끔찍한 어조를 나도 들었지만, 그래도 개판으로 망쳐놓는 나 자신을 막을 순 없었죠. 끔찍했어요. 끔찍했다고요. 끝내 제대로 된 연기를 못했어요, 단 한 번도."

"그러니까 자넨 맥베스를 스스로 만족할 만큼 해내지 못했다는 거군. 여보게, 자네가 처음은 아니네. 맥베스는 어떤 배우라도 감당하기 두려운 인물이지. 그 인물을 연기하려 노력하다 균형을 잃지 않은 배우가 있으면 어디 나와보라 하게. 맥베스는 살인자야, 살인마라고. 연극에서는 모든 게 더 격해지지. 솔직히, 난 그런 사악함은 절대 이해되지 않네. 「맥베스」는 잊어버리게. 그 비평들도 다 잊고." 제리는 말했다. "지금은 앞만 보고 나아갈 때야. 뉴욕으로 와서 빈센트 대니얼스하고 그의 스튜디오에서 작업을 시작하는 게 좋겠네. 그가 자신감을 회복시켜준 사람이 자네가 처음은 아닐 테니. 이봐, 자네는 그 어렵다는 셰익스피어극들을, 고전극들을 모두 해냈네. 자네 정도의 이력을 가진 사람에게 이런 일이 일어나다니 말도 안 되네. 그저 일시적으로 자신감을 잃은 것뿐이야."

"자신감 문제가 아니에요." 액슬러는 대답했다. "재능 같은 게 나한테 있기나 한지 늘 의심스러웠어요."

"저런, 무슨 말도 안 되는 소린가. 우울하니까 그런 말을 하는 게지. 배우들이 지금 자네처럼 자신감을 잃으면 자주 그런 말을 하지. '나한텐 진정한 재능 같은 건 없어. 대사를 암기하는 것뿐이지. 그게 다야.' 난 그런 소릴 수없이 들어왔네."

"아니요. 내 얘기 좀 들어봐요. 난 스스로에게 정말 솔직해질 때면 이런 생각을 해요. '그래, 맞아. 난 약간은 재능이 있어. 아니면 재능 있는 사람인 척할 수 있거나.' 하지만 그런 건 둘 다 요행이에요, 제리. 재능이 주어진 것도 요행, 빼앗긴 것도 요행이라고요. 이놈의 인생은 시작부터 끝까지 요행이에요."

"아, 그만하게, 사이먼. 지금도 자넨 거물급 인기 배우가 무대에 올랐을 때만큼 주목받을 수 있네. 자넨 대가야. 정말일세."

"그렇지 않아요. 그런 건 기만이에요. 내가 할 수 있는 거라곤 무대에 올라 관객들한테 '전 거짓말쟁입니다. 게다가 거짓말조차 제대로 못합니다. 전 사기꾼입니다'라고 말하는 게 전부일 정도로 이 세계에 만연한 완전한 기만이라고요."

"그거야말로 정말 말도 안 되는 이야기군. 잠깐만 형편없는 배우들을 떠올려보게. 그런 배우들이 사방에 널렸어. 그래도 어떻게든 살아남잖나." 제리는 말했다. "그런데 사이먼 액슬러처럼 재능 있는 배우가 살아남을 수 없다니 말도 안 되지. 난 옛날부터 자네를 봐왔네. 자네가 그리 행복하지 않을 때도, 이런저런 일로 정신적으로 힘들어했을 때도 말일세. 하지만 자네 앞에 대본을 갖다놓고 자네가 아주 멋지게 해낼 수 있는 이 일과 접촉하게 해서 다른 사람으로 변신하게 하면 자넨 늘 해방되었어. 자, 전에도 그랬고, 이번에도 그럴 거네. 자네가 잘할 수 있는 일에 대한 애정은 되살아날 수 있고, 되살아나게 될 걸세. 보게나, 빈센트 대니얼스는 자네가 겪는 그런 문제를 다루는 데 최고야. 가차없고 신중하고 직관이 뛰어난 선생인데 대단히 지적이고 그 자신 또한 논쟁가지."

"나도 그 사람 이름은 알아요." 그는 제리에게 말했다. "만난 적은 없지만요. 만날 이유가 전혀 없었으니까."

"독불장군에 논쟁가야. 그가 자넬 다시 논쟁에 끌어들일 걸세. 자네 안에 투지를 되살려놓을 거야. 만약 그래야만 한다면 자네가 처음부터 다시 시작하도록 만들 걸세. 필요하다면 그는 원점에서부터 시작할 걸세. 힘든 싸움이 되겠지만 결국에는 자네가 있어야 할 자리로 되돌아가게 해줄 걸세. 그의 스튜디오에 가서 그가 일하는 걸 본 적이 있네. 이렇게 말하더군. '한 순간만 하세요. 우린 단 한 순간만 다룰 겁니다. 순간을 연기하세요. 이 순간에 당신이 뭘 연기하건 그것만 연기하세요. 그리고 다음 순간으로 넘어갑니다. 어떻게 될지는 중요치 않아요. 그런 걱정은 접어두세요. 그저 순간, 순간, 순간, 순간으로만 인식하세요. 우리가 할 일은 다른 걱정은 접고, 이다음에 어떻게 되든 이 순간 안에 존재하는 겁니다. 순간을 제대로 다룰 수 있다면 뭐든 해낼 수 있으니까요.' 아주 단순한 개념처럼 들리지만, 그렇기 때문에 어려운 거라네. 너무 단순해서 모든 사람이 놓치고 마는 거지. 내 생각에 지금 자네한텐 빈센트 대니얼스가 적임자야. 그가 자네를 곤경에서 구해낼 거라고 믿어 의심치 않네. 자, 그 사람 명함일세. 이걸 주려고 여기 온 거라네."

제리는 액슬러에게 명함을 내밀었고, 액슬러는 그것을 받아들며 말했다. "못해요."

"그럼 어떡하려고? 자네의 무르익은 연기를 보여줄 수 있는 그 역들은 다 어쩔 텐가? 자네만이 해낼 수 있는 그 역들을 떠올릴 때마다 난 정말 마음이 아프네. 자네가 제임스 타이론 역만

맡겠다 하면, 빈센트에게 상담을 받고 그와 함께 그 역을 해낼 방법을 찾을 수 있을 것 같은데. 그게 빈센트가 배우들하고 날마다 하는 일이니까. 토니 상이나 오스카 상을 받은 배우들이 '빈센트 대니얼스에게 감사하다는 말을 하고 싶군요'라고 말하는 걸 헤아릴 수 없이 들었네. 그 사람은 최고야."

그에 대한 대답으로 액슬러는 그저 고개만 저었다.

"이보게." 제리는 말했다. "누구나 '못하겠다'는 느낌이 어떤 건지 알고, 자신이 엉터리라는 게 드러날지도 모른다는 느낌이 어떤 건지도 알아. 배우라면 다들 느끼는 공포감이야. '사람들이 알아채고 말았어. 들켰어.' 까놓고 말해 나이가 들면 한 번쯤 패닉에 빠지는 게 사실이네. 난 자네보다 훨씬 나이가 많고, 여러 해 동안 그런 문제를 겪어왔네. 그중 하나가 갈수록 느려진다는 걸세. 모든 면에서. 읽는 것조차 느려지지. 내가 지금 뭔가를 빠르게 읽는다면 아주 많은 부분을 기억 못할 걸세. 말하는 속도도 느려지고 기억력도 느려지지. 그런 일들이 일어나기 시작한다네. 그 과정에서 스스로를 불신하기 시작하지. 예전만큼 기민하지 않아. 특히 배우인 자네는 더 크게 느끼겠지. 자네가 젊은 배우였던 시절엔 여러 대본을 잇달아 외우면서도 그런 일에 대해서 한 번도 생각해보지 않았을 거야. 그런 일들이 아주 쉬웠으니까. 그런데 어느 순간 갑자기 그게 쉽지 않고, 일이 더는 빠르게 돌아가지 않아. 육십대나 칠십대에 접어든 연극배우에게 대사를 외우는 일은 큰 걱정거리가 되네. 한때 자네는 대본 한 편을 하루 만에 다 외울 수 있었어. 이젠 하루에 한 쪽이라도 제대로 외울 수 있다면 운이 좋은 거야. 그렇게 되니 두려움을 느끼고, 약해졌다는 느낌도 들고, 더는 전처럼 생생한 활력을 지니지 못할 거라 생각하기 시작하지. 그게 자네를 겁먹게 만드는 걸세. 그러니 자네 말마따나 자네는 더는 자유롭지 못해. 그래도 아무런 감각이 없어. 그게 또 공포감을 주고."

"제리, 이런 이야긴 그만해요. 하루종일 이야기해봐야 다 부질없는 일이에요. 당신은 정말 좋은 사람이에요. 날 보러 와주고 점심과 꽃도 사다주고, 날 도와주고 북돋워주고 위로해주고 기분을 풀어주려 애쓰고. 엄청난 친절이에요. 건강한 모습을 보니 기뻐요. 하지만 이미 가속도가 붙은 삶은 어쩔 수 없어요. 난 이제 연기할 능력이 없어요. 뭔가 근본적인 것이 사라져버렸어요. 어쩌면 그건 사라져야 했던 건지도 몰라요. 모든 것이 사라지게 마련이니까. 내 배우 생명이 일찍 끝장났다고 생각진 마요. 내가 얼마나 오래 버텼는지 생각해봐요. 알다시피 대학에서 연기를 시작했을 땐 거의 장난 수준이었잖아요. 연기를 하면 여자를 만날 기회가 생겼으니까. 그러다 처음으로 제대로 된 연기를 맛보았죠. 갑자기 무대에서 펄펄 날며 진짜 배우처럼 연기를 했어요. 난 젊은 나이에 시작했어요. 오디션을 보러 뉴욕에 온 게 스물두 살 때였으니까. 그러곤 역을 맡았죠. 연기 수업도 듣기 시작했는데, 감각기억 훈련이었어요. 어떤 상황을 현실로 만드는 훈련. 연기를 하기 앞서 자신이 걸어들어갈 현실을 창조하는 거죠. 수업을 듣기 시작한 지 얼마 안 됐을 땐데, 가상의 찻잔을 들고 차를 마시는 척했던 기억이 나요. 차가 얼마나 뜨거운지, 잔이 얼마나 차 있는지, 찻잔 받침이 있는지, 찻숟가락이 있는지, 각설탕을 넣을 건지, 몇 개나 넣을 건지를 상상한 다음 조금씩 마시는 거였어요. 다른 사람들은 그런 방식에 매혹되었지만 내 눈엔 별로 도움이 될 것 같지 않았죠. 게다가 난 해도 잘되지 않았어요. 소질이 없었던 거죠. 전혀 없었어요. 그렇게 연습해보려고 노력도 했는데 전혀 소용없었어요. 내가 멋지게 해낸 연기는 모두 본능에서 나온 것이었고, 그런 훈련을 하거나 그런 걸 아는 건 그저 날 배우처럼 보이게 해줄 뿐이었어요. 가상의 찻잔을 들고 차를 마시는 흉내를 내는 내가 우스꽝스럽게 보이곤 했어요. 마음속에선 늘 은밀한 목소리가 속삭였어요. '찻잔 같은 건 없어.' 그래요, 은밀하게 속삭이던 그 목소리가 이제는 내 생각을 점령해버렸어요. 내가 아무리 준비를 하고 뭔가 해보려 해도, 일단 무대에 오르면 언제나 그 목소리가 들려요. '찻잔 같은 건 없어.' 제리, 다 끝났어요. 난 사람들이 진짜라고 여길 만한 연기를 더는 할 수 없어요. 나 자신이 진짜라고 여길 수 있는 연기도요."

제리가 떠난 뒤 액슬러는 서재로 들어가 「밤으로의 긴 여로」를 찾았다. 그리고 읽어보려 했지만 그런 노력 자체가 견딜 수 없었다. 4쪽을 채 넘기지 못하고 그는 거기에 책갈피 삼아 빈센트 대니얼스의 명함을 꽂아놓았다. 케네디 센터 때는 평생 연기라곤 한 번도 해본 적 없는 것 같은 기분이었는데, 지금은 평생 희곡이라곤 한 번도 읽어본 적 없는 것 같은 기분이었다. 이 희곡을 한 번도 읽어본 적 없는 것 같았다. 문장이 아무 의미도 없이 전개되었다. 누가 대사를 말하는 것인지 제대로 따라갈 수 없었다. 장서에 둘러싸인 채 그는 그곳에 앉아, 등장인물이 자살하는 희곡들을 떠올려보았다. 「헤다 가블러」의 헤다, 「영애哀愛 줄리」의 줄리, 「히폴리투스」의 파이드라, 「오이디푸스 왕」의 요카스테, 「안티고네」의 거의 모든 인물들, 「세일즈맨의 죽음」의 윌리 로먼, 「모두가 나의 아들」의 조 켈러, 「얼음장수 오다」의 돈 패릿, 「우리 타운」의 사이먼 스팀슨, 「햄릿」의 오필리아, 「오셀로」의 오셀로, 「줄리어스 시저」의 카시우스와 브루투스, 「리어 왕」의 고너릴, 「안토니와 클레오파트라」의 안토니, 클레오파트라, 이노바부스, 차미언, 「깨어나 노래하라!」의 할아버지, 「이바노프」의 이바노프, 「갈매기」의 콘스탄틴. 이 놀라운 목록은 한때 그가 연기했던 작품들만 꼽은 것이었다. 더 많았다. 훨씬 더 많이 있었다.

놀라운 것은 자살이, 극劇이라는 장르 자체가 작동되는 방식이 그러하듯, 꼭 행위로 무대 위에 나타나지 않더라도 극의 기본 공식인 것처럼 자주 삽입된다는 것이다. 「비운의 디어드리」의 디어드리, 「들오리」의 헤드빅, 「로스메르 저택」의 레베카 웨스트, 「상복이 어울리는 일렉트라」의 크리스틴과 오린, 로미오와 줄리엣, 소포클레스의 아이아스. 자살은 기원전 5세기 이래로 극작가들이 경외감을 가지고 숙고해온 주제다. 이 대단히 예외적인 행위를 고취할 수 있는 감정을 만들어내는 능력을 지닌 인간들이 매혹되어온 주제이기도 하고. 그는 이 작품들을 억지로라도 다시 읽어봐야 한다. 그래, 소름끼치는 모든 것을 정면으로 마주해야 한다. 그 누구도 그가 이 문제를 충분히 숙고하지 않았다고 말할 수 없도록.

제리는 오펜하임 에이전시 전교로 도착한 우편물 몇 통을 마닐라지 봉투에 담아 가져왔다. 한때는 그 경로로 온 팬들의 편지가 두어 주마다 여남은 통씩 쌓이곤 했었다. 이제는 이 몇 통이 지난 반 년 동안 제리의 에이전시에 도착한 우편물의 전부였다. 액슬러는 거실에 느긋하게 앉아 봉투를 찢어 열고 편지를 꺼내 처음 몇 줄을 읽은 다음 동그랗게 구겨 바닥에 던져버렸다. 모두 사인을 한 사진을 보내달라는 내용이었다. 하지만 한 통은 예외

였는데, 그는 깜짝 놀라 그 편지를 끝까지 다 읽었다.

"절 기억하실지 모르겠지만," 편지는 이렇게 시작했다. "전 해 머턴 병원 환자였습니다. 당신과 몇 번 식사도 같이했어요. 함께 미술치료도 받았고요. 아마 절 기억하시지 못할 거예요. 방금 전 텔레비전에서 심야영화를 봤는데, 당신이 출연해서 놀랐어요. 비정한 범죄자로 나오더군요. 당신이 화면에, 그것도 그런 악역으로 나온 걸 보고 정말 놀랐어요. 내가 직접 만났던 사람과 어찌나 다르던지! 당신에게 제 이야기를 했던 기억이 나요. 식사 시간마다 제 이야기에 귀기울여주시던 당신 모습도 기억나요. 전 이야기를 멈출 수 없었어요. 정말 고통스러웠으니까요. 전 제 인생이 끝났다고 생각했어요. 끝내버리고 싶기도 했고요. 당신은 몰랐겠지만, 제 이야기에 그렇게 귀기울여주신 것이 제가 그 시기를 이겨내는 데 큰 도움이 되었어요. 쉽진 않았지만요. 지금도 쉽지 않아요. 앞으로도 쉽지 않겠죠. 제가 결혼한 그 짐승은 우리 가족에게 지울 수 없는 상처를 입혔어요. 그 재앙은 제가 병원에 입원할 때 알았던 것보다 훨씬 더 심각했어요. 제가 전혀 모르는 사이에 그 끔찍한 일들이 오랫동안 계속되어왔던 거죠. 제 어린 딸아이와 관련된 비극적인 일들 말이에요. 그 인간을 죽여줄 수 있는지 당신한테 물었던 기억이 나네요. 보수는 드리겠다는 이야기도 했었지요. 당신 몸집이 워낙 커서 그런 일을 할 수 있을 거라고 생각했었어요. 제가 그 말을 했을 때 당신은 관대하게도 저한테 미쳤다고 하지 않았어요. 오히려 그 자리에 그대로 앉아 마치 내가 정신이 온전한 사람인 양 제 정신 나간 말에 귀기울여주었죠. 정말 감사해요. 하지만 저의 한 부분은 두 번 다시 온전해질 수 없을 거예요. 그럴 수 없어요. 예전에도 그럴 수 없었고요. 그래서도 안 돼요. 어리석게도 전 엉뚱한 사람에게 죽음을 선고했어요."

편지는 계속 이어졌다. 커다란 종이 석 장에 단 한 문단으로, 그리 빽빽하지 않게 손으로 쓰여 있었다. 그리고 "시블 밴 뷰런"으로 서명되어 있었다. 그는 그녀의 이야기에 귀기울였던 일을 떠올렸다. 그처럼 집중해서 자신이 아닌 다른 누군가의 이야기에 귀를 기울인 것은 오랜만에 연기를 하게 된 것이나 마찬가지였고, 그건 어쩌면 그가 회복되는 데도 도움이 되었는지도 몰랐다. 그랬다, 그는 그녀를, 그녀가 했던 이야기를, 그녀가 남편을 죽여달라고 부탁했던 것을 기억했다. 그가 그녀와 마찬가지로 그 자신의 고통을 총으로 과격하게 끝장낼 배짱이 없는 몸집만 거대한 정신병 환자가 아니라 마치 영화 속 갱이라도 되는 것처럼. 영화에서는 늘 사람이 사람을 죽이고 돌아다니지만, 그런 영화를 제작하는 이유는 관객의 99.9퍼센트가 사람을 죽이지 못하기 때문이다. 그리고 다른 사람을, 그것도 없애버리고 싶어할 만한 이유가 있는 사람을 죽이는 것이 그 정도로 어렵다면, 상상해 보라, 스스로 목숨을 끊는 것에 성공하기란 얼마나 어렵겠는가.

2
변신

　액슬러는 페긴이 태어나기 전부터 페긴의 부모와 친한 친구 사이였고, 조그만 갓난아기 페긴이 병원에서 엄마 품에 안겨 처음 젖을 빠는 모습도 보았었다. 신혼이었던 스테이플퍼드 부부—남편은 미시간 주 출신이고 아내는 캔자스 주 출신이었다—와 액슬러가 처음 만난 것은 그리니치빌리지 교회 지하에서 제작된 「서부의 플레이보이」*에 함께 출연하면서였다. 액슬러는 존속살인 미수자에 성격이 놀랄 만큼 거친 주인공 크리스티 마흔을 연기했고, 캐럴 스테이플퍼드는 메이요 카운티 서부 해안에 있는 아버지의 술집에서 여급으로 일하는 당찬 여주인공

---

*아일랜드 극작가 존 밀링턴 싱의 희곡.

페긴 마이크 플래어티를 연기했다. 당시 캐럴은 첫 아이를 임신한 지 이 개월째였다. 에이서 스테이플퍼드는 페긴의 약혼자 숀키어를 연기했다. 연극이 성황리에 끝났을 때, 액슬러는 종연 파티에 참석해 스테이플퍼드 부부의 아기가 아들이면 크리스티라고, 딸이면 페긴 마이크라고 이름 짓는 데 표를 던졌다.

마흔 살이 된 페긴 마이크 스테이플퍼드와 예순다섯 살의 액슬러가 연인이 된다는 건 상상도 못한 일이었다. 특히 페긴이 스물세 살 이후 레즈비언으로 살아왔기에 더욱 그랬다. 그런데도 두 사람은 아침마다 잠에서 깨면 전화 통화를 하고, 한가한 시간에는 그의 집에서 함께 있고 싶어하게 되었다. 페긴은 그가 기꺼이 내준 방 두 개를 자기 전용으로 차지했다. 그의 집 2층에 있는 침실 세 개 가운데 하나를 그녀의 물건을 두는 방으로 쓰고, 1층 거실에서 좀 떨어진 서재에 노트북을 두었다. 그의 집 1층의 모든 방에 벽난로가 있었고, 심지어 주방에도 벽난로가 있었는데, 페긴은 서재에서 작업할 때면 내내 벽난로에 불을 피워놓았다. 그녀의 집은 거기서 한 시간 남짓한 거리에 있었다. 구불구불하고 가파른 길을 따라 농지를 가로지르면 그의 소유인, 50에이커나 되는 탁 트인 농장과 창문마다 검은 덧문이 달린 크고 낡은 흰색 농가가 나타났다. 아주 오래된 단풍나무와 거대한 물푸레나무와 울퉁불퉁 쌓은 긴 돌담이 집을 둘러싸고 있었다. 두 사람을 제외하면 근처 어디에서도 사람을 찾아볼 수 없었다. 처음 몇 달 동안 두 사람은 정오 전에 잠자리에서 일어나는 경우가 좀처럼 없었다. 그들은 서로를 내버려두지 못했다.

그녀가 그곳에 오기 전, 그는 자신이 끝장났다고 확신했었다. 연기 생활도, 여자관계도, 인간관계도 끝났고, 행복과도 영영 이별이라고. 일 년 넘게 그는 심한 육체적 고통을 겪고 있었는데, 성인이 된 후에 죽 참고 견뎌왔던 척추 통증이 나이가 들면서 몸이 쇠약해지자 진행 속도가 빨라져 거리가 얼마나 됐든 걷는 것도 힘들어졌고, 오래 서 있거나 앉아 있지도 못했다. 그래서 그는 모든 것이 끝장났다고 더욱 확신했다. 그의 한쪽 다리는 간간이 감각이 없어지곤 했는데, 그래서 그는 걷다가 다리를 제대로 들어올리지 못해 계단이나 경계석에서 발을 헛디뎌 넘어지는 바람에 손이 찢어지거나 얼굴을 박아 입술이나 코가 피투성이가 되기도 했다. 불과 몇 달 전, 그와 절친한 유일한 동네 친구이자 몇 년 전에 은퇴한 여든이 된 판사가 암으로 세상을 떴다. 그러고 나자 잠자리를 함께하는 것은 고사하고 이야기를 나누거나 같이 식사할 사람도 없게 되었다. 물론 도시에서 두 시간이나 떨어져 있고 나무와 들판으로 둘러싸인 곳에 거처를 두고 공연을 위해 어디엔가 나가 있지 않을 때면 그곳에서 지내온 지 삼십 년이나 되기는 했지만 말이다. 그래서 그는 일 년 전 병원에 입원하기 전만큼이나 자주 다시금 자살에 대해 생각하게 되었다. 아침마다 잠에서 깨어 공허함을 느낄 때면 그는, 연기력도 잃어버리고 혼자고 직업도 없고 사라지지 않는 통증을 안은 채 또 하루를 견딜 수는 없다고 결심했다. 다시 한번 자살에 초점이 맞춰졌다. 박탈감의 중심에는 그 생각뿐이었다.

일주일 동안 휘몰아친 심한 눈보라가 그친 뒤 춥고 음산한 어느 날 아침, 액슬러는 식료품을 사다 비축해두기 위해 4마일 떨어진 시내에 가려고 집을 나와 차고로 향했다. 집 주위 오솔길은 한 농부가 매일 넉가래로 눈을 치워 깨끗했지만, 그럼에도 그는 미끄러져 넘어지지 않으려고 밑창 홈이 깊은 눈장화를 신고 지팡이를 짚고 작은 보폭으로 걸었다. 겹겹이 껴입은 옷 속에는 안전을 위해 빳빳한 복대를 허리에 두른 채였다. 집을 나서 차고로 가는데 꼬리가 길고 희읍스름한 작은 동물이 차고와 헛간 사이 눈 속에 서 있는 게 보였다. 얼핏 대단히 커다란 쥐처럼 보였지만 이내 털이 없는 꼬리의 모양과 색깔, 그리고 주둥이를 보고 대략 10인치 정도 되는 주머니쥐라는 것을 알아차렸다. 주머니쥐는 보통 야행성인데, 털이 변색되고 꾀죄죄한 이 녀석은 대낮부터 눈 덮인 땅 위로 나와 있었다. 액슬러가 다가가자 주머니쥐는 힘없이 뒤뚱거리며 헛간 쪽으로 가더니, 헛간의 돌 기단을 따라 쌓인 눈더미 속으로 자취를 감췄다. 그는 병이 들어 수명이 거의 다 되었을 듯한 그 동물을 따라갔다. 눈더미에 이르자 앞쪽에 눈이 치워져 있는 드나드는 구멍이 보였다. 그는 두 손으로 지팡이를 짚고 몸을 지탱한 채 눈 위에 무릎을 꿇고 그 안을 들여다보았다. 주머니쥐는 구멍 안쪽으로 깊숙이 숨어 보이지 않았지만, 동굴 같은 내부의 입구 쪽에는 모아놓은 막대기들이 흩어져 있었다. 그는 세어보았다. 여섯 개였다. 그런 거로군. 액슬러는 생각했다. 난 너무 많이 가졌던 거야. 너한테 필요한 건 여섯 개뿐인데.

다음날 아침 액슬러는 커피를 끓이다가 주방 창문으로 그 주머니쥐를 보았다. 녀석은 헛간 옆에 두 발로 서서 바람에 실려와 쌓인 눈을 앞발로 입안에 우걱우걱 밀어넣으며 먹고 있었다. 그는 서둘러 눈장화를 신고 외투를 걸친 다음 지팡이를 집어들고 현관을 나가, 헛간과 마주보는 집 측면에 있는 눈이 치워진 오솔길로 갔다. 20피트쯤 떨어진 곳에서 그는 주머니쥐를 건너다보며 목청껏 소리쳤다. "네가 제임스 타이론을 연기하면 어떻겠니? 거스리 극장에서." 주머니쥐는 계속 눈만 먹을 뿐이었다. "넌 제임스 타이론을 멋지게 해낼 거야!"

자연이 보여준 그에 대한 그 작은 풍자극은 그날로 끝나고 말았다. 그는 두 번 다시 주머니쥐를 보지 못했다. 다른 데로 떠났거나 죽었을 것이다. 하지만 눈 속에 파놓은 동굴과 막대기 여섯 개는 이듬해 눈이 녹을 때까지 그대로 남아 있었다.

그런 일이 있고 난 후 페긴이 그의 집에 들렀다. 버몬트 주 서쪽에 있는 규모는 작지만 진보적인 여자대학인 프레스콧에 최근 강사 자리를 얻은 페긴은 학교에서 몇 마일 떨어진 곳에 빌린 조그만 집에서 전화를 걸어왔다. 액슬러가 사는 곳은 거기서 서쪽으로 한 시간 거리로, 주 경계선 건너편의 뉴욕 주 외곽에 있었다. 방학 동안 부모님과 여행을 다니던 발랄한 대학생이었던 그녀를 본 게 벌써 이십여 년 전 일이었다. 그들 세 식구는 액슬러의 집 근처를 지나다 인사나 하려고 두어 시간 정도 들렀었다. 그들은 몇 년에 한 번씩 그런 식으로 만났다. 에이서는 미시간 주 랜싱에서 지역 극장을 운영했는데, 그 도시는 그가 나고 자란 곳이기도 했다. 캐릴은 레퍼토리극단*에서 연기하며 주립대학에서 연기를 가르쳤다. 그전에도 액슬러는 그들이 방문했을 때 페긴을 본 적이 있었다. 생글거리고 수줍어하던 귀여운 열 살짜리 소녀였을 때, 액슬러의 집에서 나무에 오르고 수영장에서 빠르게 헤엄치던 깡마르고 활동적인 말괄량이로 제 아빠의 농담에

---

* 하나의 극장에 전속되어 예정된 작품들을 일정 기간 동안 차례로 바꾸어가며 공연하는 극단.

웃지 않고는 못 배기던 아이였을 때였다. 그리고 그전에 그녀를 본 것은 뉴욕 세인트빈센트 병원 산부인과에서 엄마 젖을 빨 때였었다.

지금 그의 눈앞에는 몸이 유연하고 가슴이 풍만한 마흔 살의 여자가 있었다. 뻐드렁니가 다 드러나도록 자동으로 윗입술이 올라가는 미소엔 여전히 아이 때의 뭔가가 남아 있었고, 건들거리는 걸음걸이에는 여전히 말괄량이 기질이 다분했다. 그녀는 시골에 어울리는 닳고 해진 작업화를 신고 지퍼가 달린 붉은색 재킷을 입었고, 그녀의 엄마처럼 금발이라고 그가 잘못 기억하고 있었던 짙은 갈색 머리칼은 아주 짧았다. 너무 짧아서 뒷머리는 이발기로 밀어버린 것처럼 보일 정도였다. 그녀는 행복한 사람이라는 무적의 분위기를 풍겼고, 비록 원형은 선머슴 같은 말괄량이였지만, 배우인 어머니의 발성법을 본받기라도 한 듯 사람의 마음을 끄는 억양으로 말했다.

그도 나중에 알게 되었지만 그땐 이미, 엽기적인 반전을 겪은 그녀가 그 대신 원하는 것을 얻고 나서 꽤 시간이 흐른 후였다. 그녀는 몬태나 주 보즈먼에서 육 년 동안 가정을 꾸리고 살았는데, 마지막 이 년 동안은 그 관계에서 고통스러울 정도로 외로움을 맛보았다. 연인이 된 뒤 어느 날 밤 그녀가 액슬러에게 말했다. "처음 사 년 동안 프리실라와 나는 지금 우리처럼 놀라울 정도로 편안한 사이였어요. 우린 늘 캠핑과 하이킹을 갔어요. 심지어 눈이 오는 날씨에도요. 매년 여름이면 알래스카 같은 데로 떠나 하이킹과 캠핑을 했죠. 재밌었어요. 뉴질랜드에도 가고 말레이시아에도 갔어요. 대담하게 전 세계를 함께 돌아다니는 게 난 정말 좋았지만, 그런 우리에겐 어린애 같은 구석이 있었어요. 우린 두 명의 도망자 같았어요. 그러다 오 년째에 접어들었을 즈음 프리실라가 차츰 컴퓨터에 빠져들었어요. 난 고양이들 말고는 말상대도 없이 혼자 남겨졌고요. 그때까지 우린 모든 걸 같이 했었어요. 나란히 침대에 누워 책을 읽곤 했어요. 우리 자신에게 읽어주는 거였어요. 서로에게 몇 단락씩 소리 내어 읽어주었죠. 정말 오랫동안 황홀할 정도로 친밀했어요. 프리실라는 사람들에게 '난 그 책이 마음에 들어'라고 말하는 법이 없었어요. 대신 '우린 그 책이 마음에 들어'라고 했죠. 어떤 장소에 대해 말할 땐 '우린 거기 가는 거 좋아해'라고 했고, 우리의 계획에 대해 말할 땐 '그게 이번 여름에 우리가 하려는 거야'라고 했어요. 우리. 우리. 우리. 그랬는데 더는 우리가 아니게 된 거예요. 우린 끝나버렸죠. 그녀와 그녀의 매킨토시 컴퓨터가 우리가 되었어요. 그녀와, 다른 건 다 지워버린 그녀의 그 더러운 비밀, 내가 사랑했던 그 몸을 망가뜨리려 한 그 비밀이 우리가 되었어요."

두 사람은 보즈먼의 대학에서 강의를 했고, 함께 산 마지막 이 년 동안 프리실라는 퇴근하고 집에 돌아오면 잠자리에 들기 전까지 컴퓨터 앞에만 앉아 있었다. 그녀는 주말에도 컴퓨터 앞에만 있었다. 먹을 때도 마실 때도 컴퓨터 앞을 떠나지 않았다. 더는 대화도, 섹스도 없었다. 산으로 하이킹이나 캠핑을 갈 때도 페긴은 혼자 가거나, 프리실라가 아닌 자신이 모은 일행들과 함께 갔다. 그러다 그들이 몬태나에서 만나 살림을 합치고 그들 스스로 연인을 자처한 지 육 년이 지난 어느 날, 프리실라가 수염이 자라게 하고 목소리가 굵어지게 하는 호르몬 주사를 맞기 시작했다고 선언했다. 그녀는 수술로 가슴을 제거하고 남성이 될 계획이었다. 프리실라는 오래전부터 그 일을 혼자 꿈꿔왔다고 실토했고, 페긴이 아무리 애원해도 마음을 돌리지 않을 거라고 했다. 그다음 날 아침, 페긴은 두 마리 고양이 중 한 마리만 데리고 공동 소유인 그 집에서 나와 근처 모텔에 방을 얻었다. "고양이들은 헤어지는 게 썩 기분 좋은 일이 아니었겠지만," 페긴은 말했다. "다른 문제에 비하면 그건 중요하지 않았어요." 그녀는 간신히 안정을 되찾아 수업시간에 학생들과 마주할 수 있었다. 프리실라와의 생활이 아무리 외로웠어도 배신이 준 상처, 그 배신의 본질은 그보다 훨씬 더 견디기 힘들었다. 그녀는 걸핏하면 울었고, 새로운 일자리를 알아보기 위해 몬태나에서 몇백 마일 떨어진 데 있는 대학들에 지원서를 보내기 시작했다. 여러 대학들이 환경과학 전공자들을 인터뷰하는 콘퍼런스에 참가했고, 동부에 있는 한 대학의 학장과 잠자리를 가진 뒤 그 학교에 자리를 얻었다. 그녀에게 반한 학장이 그녀를 바로 채용한 것이었다. 페긴이 차를 몰고 액슬러를 찾아와, 십칠 년 동안 레즈비언으로 살아온 자신이 남자를, 자기보다 스물다섯 살이나 많고 수십 년 동안 가족 모두의 친구였던 이 남자를, 이 배우를 원한다고 판단했던 때에도 학장은 여전히 페긴의 헌신적인 보호자이자 애인이었다. 프리실라가 양성애자인 남자가 될 수 있다면, 페긴도 양성애자인 여자가 될 수 있을 것이었다.

그 첫날 오후, 액슬러는 페긴을 집 안으로 들이다 발을 헛디뎌 널찍한 돌계단 위로 세게 넘어졌는데, 손을 짚었다 손바닥에 상처를 입고 말았다. "구급약은 어디 있어요?" 페긴이 물었다. 그가 말해주자 그녀는 집 안으로 들어가 그것을 찾아들고 나와 과산화수소를 묻힌 솜으로 상처를 씻어내고 반창고 두어 개를 붙였다. 그리고 물도 한 컵 가져다주었다. 누가 그에게 물을 가져다준 것도 몹시 오랜만이었다.

그는 저녁을 먹고 가라며 그녀를 붙들었다. 결국 그녀가 저녁을 준비했다. 누가 그에게 저녁을 차려준 것도 몹시 오랜만이었다. 그가 주방 식탁에 앉아 음식을 만드는 그녀의 모습을 지켜보는 동안 그녀는 맥주 한 병을 비웠다. 냉장고에는 파르메산 치즈 한 덩이와 계란, 베이컨, 크림 반 통이 있었는데, 그것들과 파스타 1파운드로 그녀는 둘이 먹을 카르보나라 스파게티를 만들었다. 그의 주방에서 그녀가 자신의 주방인 것처럼 편하게 일하는 모습을 지켜보며 그는 그녀가 어머니 품에 안겨 있던 갓난아기였을 때 모습을 떠올렸다. 그녀는 몸이 탄탄하고 건강하고 활력이 넘치는, 생기 가득한 존재였다. 이윽고 그는 자신이 재능을 잃은 채 세상에서 고립되었다는 느낌을 더이상 받지 않게 되었다. 그는 행복했다. 뜻밖의 기분이었다. 보통 그는 저녁식사 때 하루 중 가장 우울했다. 그녀가 음식을 만드는 동안 그는 거실로 가서 브렌델이 연주하는 슈베르트 음반을 얹었다. 마지막으로 음악을 들으려 했던 때가 언제인지 기억조차 나지 않았지만, 결혼생활이 행복했던 시절에는 늘 음악을 틀어놓았다.

"아주머닌 어떻게 된 거예요?" 스파게티를 먹고 와인 한 병을 나눠 마신 뒤 그녀가 물었다.

"아무럼 어떤가. 너무 지루한 사연이네."

"아무도 없이 여기서 혼자 지낸 지 얼마나 된 거예요?"

"이런 날이 올 거라고 생각했을 때 상상했던 것보다 훨씬 더한 외로움을 느끼기에 충분할 만큼 오래. 달이 바뀌고 계절이 바뀌는 동안 여기 앉아서 내가 없어도 시간은 계속 흐르리라는 생각을 하면 때로 놀랍기도 해. 내가 죽었을 때도 그럴 테지."

"배우 일은요?" 그녀가 물었다.

"난 이제 배우가 아니야."

"그럴 리가요." 그녀가 말했다. "무슨 일이 있었어요?"

"그것도 자세히 이야기하기엔 지루한 사연이지."

"은퇴한 거예요, 아니면 무슨 일이 있었던 거예요?"

그는 자리에서 일어나 식탁을 돌아 그녀에게 다가갔고, 그녀가 일어서자 키스했다.

그녀는 놀라 미소를 짓더니, 웃음을 터뜨리며 말했다. "난 성적으로 평범하지 않아요. 여자랑 자요."

"그건 알아채기 어렵지 않더군."

그리고 그는 그녀에게 두번째로 키스했다.

"그런데 뭘 하는 거죠?" 그녀가 물었다.

그는 어깨를 으쓱했다. "나도 안다고 말하진 못하겠는걸. 남자하곤 한 번도 없었나?" 그가 물었다.

"대학 때요."

"지금도 여자와 지내나?"

"대체로요." 그녀가 대답했다. "아저씨요?"

"난 아니야."

그는 근육이 발달된 그녀의 팔에서 힘을 느꼈고, 그녀의 묵직

한 가슴을 주물렀다. 그리고 그녀의 탄탄한 엉덩이를 손바닥으로 감싸쥐고 그녀를 자기 쪽으로 끌어당겨 다시 한번 키스했다. 그런 다음 그녀를 거실 소파로 이끌었다. 그가 지켜보는 가운데 그녀는 새빨갛게 얼굴을 붉히며 청바지를 벗었고, 대학 시절 이후 처음으로 남자와 했다. 그는 평생 처음으로 레즈비언과 했고.

몇 개월 뒤 그는 그녀에게 물었다. "그날 오후에 무슨 일로 여기까지 차를 몰고 왔지?" "당신이 다른 사람하고 같이 사나 보고 싶어서요." "그래서 보고 나니까?" "이런 생각이 들었죠. 나라고 안 될 게 있나?" "늘 그런 식으로 계산하며 사나?" "계산이 아니에요. 원하는 걸 추구하는 거죠." 그녀는 덧붙였다. "더는 원치 않는 걸 추구하지 않는 것이기도 하고요."

페긴을 채용해 프레스콧으로 데려온 학장은 페긴이 둘의 관계가 끝났다고 말하자 격분했다. 그녀는 페긴보다 여덟 살이 많았고, 페긴보다 수입이 두 배 이상 많았으며, 십 년 넘게 영향력 있는 학장으로 재직한 사람이었다. 따라서 그녀는 그 상황을 믿지도, 받아들이려 하지도 않았다. 그녀는 매일 아침 눈뜨자마자 전화해 페긴을 들볶았고, 밤에도 수없이 전화를 걸어 고함을 지르고 욕하고 해명을 요구했다. 한번은 지역 공동묘지에서 전화를 걸어 페긴이 자신을 대한 방식 때문에 "너무나 화가 나서 발을 쾅쾅 구르며 묘지를 돌아다니고 있다"고 큰 소리로 떠들어댔다. 그녀는 페긴이 일자리를 얻으려고 자신을 이용했고, 일자리를 얻고 몇 주도 지나지 않아 기회주의적이게도 자신을 차버렸다고 비난했다. 페긴이 일주일에 두 번 늦은 오후에 수영부와 연습하러 수영장에 가면 학장도 그 시간에 수영하러 나타났고, 페긴의 사물함 바로 옆 사물함을 사용하려고 손을 쓰곤 했다. 학장은 페긴에게 영화를 보자거나, 강연회에 가자거나, 음악회에 갔다 저녁식사를 하자며 전화를 걸어댔다. 또 주말에 만나고 싶다며 하루걸러 한 번씩 전화를 했다. 페긴이 자신은 주말에 시간이 없고, 그녀를 다시 만나고 싶지도 않다고 이미 분명히 말했는데도. 학장은 애원도 해보고 소리도 질러보고, 때로는 눈물로 호소하기도 했다. 그녀는 페긴 없이는 살 수 없었다. 영향력 있고 성공한데다 유능하기까지 한 마흔여덟 살 여성, 프레스콧의 차기 총장으로 각광받는 정력적인 여성, 그런 그녀가 이처럼 쉽게 그 길에서 벗어나다니!

어느 일요일 오후 그녀는 액슬러의 집에 전화를 걸어 페긴 스테이플퍼드와 통화할 수 있는지 물었다. 액슬러는 수화기를 내려놓고 거실로 가 페긴에게 전화가 왔다고 말했다. "누구지?" 그가 그녀에게 물었다. 조금도 망설이지 않고 그녀가 대답했다. "누군 누구겠어요? 루이즈지. 내가 여기 있는진 어떻게 알아냈을까? 여기 번호는 어떻게 알았지?" 액슬러는 전화기로 되돌아가 말했다. "이 집엔 페긴 스테이플퍼드라는 사람 없습니다." 전화를 건 여자는 "감사합니다"라고 말하고 끊었다. 그다음 주에 페긴은 교정에서 우연히 루이즈와 마주쳤다. 루이즈는 페긴에게 열흘 동안 자리를 비울 예정인데 자신이 돌아왔을 때 "식사를 준비해주는 것" 같은 "뭔가를 날 위해 해주는 게 신상에 이로울 것"이라고 말했다. 그후 페긴은 잔뜩 겁을 먹었다. 첫째는 자신이 다시 한번 관계가 끝났다고 분명히 했는데도 루이즈가 그녀를 내버려두려 하지 않았기 때문이었고, 둘째는 루이즈의 분노가 위협으로 구체화되었기 때문이었다. "뭐가 위협을 받는데?" 그가 물었다. "뭐긴요, 내 일자리죠. 그 여자가 마음만 먹으면 날 해코지할 방법은 무궁무진하거든요." "흠, 당신한텐 내가 있잖아, 안 그래?" 그가 말했다. "무슨 뜻이죠?" "쫓겨나면 의지할 사람으로 말이야. 내가 여기 있잖아."

그는 여기 있었다. 그녀도 여기 있었다. 모두의 가능성이 극적으로 변해버린 뒤에.

그가 그녀에게 처음 사준 옷은 허리까지 내려오는 몸에 착 붙는 황갈색 가죽 재킷이었다. 양털로 안감을 댄 것으로, 그의 집에서 숲을 지나 10마일쯤 가면 있는 부자 동네의 상점 진열창에서 발견했다. 그는 상점으로 들어가 그녀에게 맞을 것 같은 사이즈를 샀다. 가격은 천 달러였다. 페긴은 그 정도로 비싼 건 가져본 적도 없었고, 그 정도로 잘 어울리는 옷을 입어본 적도 없었다. 그는 그녀에게 언젠가는 생일이 올 테니 생일선물로 하자고 말했다. 며칠 동안 그녀는 그 옷을 한시도 몸에서 떼어놓지 못했다. 그러고 나서 두 사람은 차를 몰고 뉴욕에 갔다. 표면상으로는 맛있는 식사도 하고 영화도 보고 집에서 벗어나 주말을 함께 보내기 위해서였지만, 그는 그녀에게 옷을 좀더 샀다. 주말이 끝나갈 무렵 그들은 치마, 블라우스, 벨트, 재킷, 구두, 스웨터 들을 오천 달러어치 넘게 샀다. 그녀가 몬태나에서 동부로 가지고 온 옷을 입었을 때와는 판이하게 달라 보이게 만드는 옷들이었다. 그의 집에 처음 나타났을 때 그녀는 열여섯 살짜리 사내아이도 입지 않을 듯한 옷 몇 벌뿐이었다. 이제야 겨우 그녀는 열여섯 살짜리 사내아이처럼 걷지 않기 시작했다. 뉴욕 상점들에서 그녀는 탈의실에 들어가 새 옷을 입은 다음 그가 기다리는 곳으로 와서 어울리는지 보여주고 그의 의견을 들었다. 처음 몇 시간 동안 그녀는 남의 이목을 의식해 뻣뻣하게 굳어 있었지만, 곧 상황에 몸을 맡겼고, 마침내 탈의실에서 기쁨의 미소를 지으며 요염하게 모습을 드러내기에 이르렀다.

그는 그녀에게 목걸이, 팔찌, 귀고리 들도 사줬다. 스포츠브라와 칙칙한 브리프 대신 입을 사치스러운 란제리도 샀었다. 플란넬 파자마 대신 입을 짧은 새틴 슬립도 샀었다. 종아리까지 올라오는 부츠도 갈색과 검은색으로 한 켤레씩 샀었다. 그녀가 가진 단벌 코트는 프리실라의 고인이 된 모친에게 물려받은 것이었는데 그녀에게 너무 큰데다 박스스타일이었다. 그래서 이후 몇 달 동안 그는 그녀를 돋보이게 해줄 코트를 다섯 벌이나 사주었다. 백 벌이라도 사줄 수 있었다. 그는 멈출 수가 없었다. 그렇게 지내는 동안 그는 자신을 위해서는 거의 돈을 쓰지 않았고, 그녀를 예전과 완전히 다르게 보이게 만드는 일보다 더 행복한 일은 없었다. 그리고 시간이 지나면서 그녀에게도 그보다 더 행복한 일은 없는 듯했다. 그것은 두 사람에게 딱 맞는, 파괴적이고 소비적인 난교 파티 같은 것이었다.

하지만 그녀는 자신의 부모가 그들 사이를 알게 되길 원치 않았다. 그들은 매우 속상해할 게 분명했다. 그는 생각했다. 네가 레즈비언이라는 사실을 말했을 때보다 더 고통스러워할까? 그녀는 스물세 살이던 그날에 있었던 일을 액슬러에게 들려준 적이 있었다. 그녀의 어머니는 울면서 말했다. "이보다 더 심한 일은 상상할 수도 없구나." 그리고 그 사실을 받아들이는 척했던 아버지는 이후 몇 달 동안 미소 한 번 짓지 않았다. 페긴이 자신의 정체성에 대해 이야기한 후 가족은 오랫동안 그 충격에서 헤어나

오지 못했다. "왜 나에 대해 알면 네 부모가 힘들어할 거라는 거지?" 그가 물었다. "두 분은 당신과 아주 오래전부터 알고 지냈잖아요. 같은 연배이기도 하고요." "편할 대로 해"라고 그는 말했다. 하지만 그녀의 진의가 무엇인지 계속 생각하지 않을 수 없었다. 어쩌면 그녀는 자신의 삶을 칸칸이 분리하려는, 딸로서의 삶과 성적인 삶을 엄격하게 구분하려는 습관 때문에 그러는지도 몰랐다. 자식으로서의 의무로 섹스를 오염시키거나 길들이고 싶지 않은 것일 수도 있었다. 어쩌면 그동안 여자와 자다가 남자와 자게 된 것이 창피해서거나, 그러한 변화가 영구히 지속될지 불안해서일 수도 있었다. 무엇이 그녀를 그렇게 하도록 시키든, 그는 자신들의 관계를 그녀의 가족에게 비밀로 하도록 허락한 것은 실수라고 느꼈다. 비밀이 된다고 해서 위태로울 일은 없다고 느끼기에 그는 나이가 너무 많았다. 더구나 마흔이나 된 여자가, 특히 부모가 마뜩잖아한 온갖 일을 부모의 반대에 맞서 다 해온 마흔 살 여자가 왜 그토록 부모의 눈치를 봐야 하는지 도통 알 수 없었다. 그는 그녀가 실제 나이보다 어리게 행동하는 게 마음에 들지 않았지만, 당장은 그 생각을 밀어붙이지 않았다. 그래서 그녀의 가족은 그녀가 그간 살아온 대로 계속 살고 있다고 알고 있었다. 하지만 그의 눈에는 그녀가 그 몇 개월 사이에 천천히 하지만 자연스럽게, 그녀 스스로 "십칠 년 동안의 실수"라고 언급한 일의 마지막 남은 흔적을 털어버린 것처럼 보였다.

그럼에도 어느 날 아침식사 때 액슬러는 이렇게 말했고, 그 말에 그녀만큼이나 그 자신도 놀라고 말았다. "이게 정말 당신이 원하는 건가, 페긴? 그동안 서로 즐겁게 지냈고, 색다른 기분도 강렬했고, 감정도 격렬했고, 쾌락도 만끽하긴 했지만, 난 지금 당신이 자신이 뭘 하고 있는지 알고 있나 궁금하네."

"그럼요, 알아요. 난 이 생활이 좋아요." 그녀가 말했다. "끝내고 싶지 않아요."

"하지만 내 말뜻을 알겠지?"

"그럼요. 나이 문제. 성적 이력의 문제. 당신과 우리 부모님의 오래된 관계. 이것 말고도 스무 가지는 더 있을걸요. 하지만 그 가운데 날 괴롭히는 건 하나도 없어요. 당신을 괴롭히는 게 있어요?"

"여러 사람의 마음을 괴롭게 만들기 전에 우리가 물러서는 게 좋지 않을까?" 그가 대꾸했다.

"행복하지 않아요?" 그녀가 물었다.

"지난 몇 년 동안 내 삶은 정말 위태로웠네. 이젠 희망이 산산조각나는 걸 견뎌낼 힘이 없어. 결혼생활은 불행할 만큼 불행했고, 그전에도 여러 여자와 이별을 경험했네. 그건 늘 고통스럽고, 늘 가혹하지. 그래서 이쯤 살고 보면 그런 걸 자초하고 싶지 않아."

"사이먼, 우린 둘 다 버림받은 사람들이에요." 그녀가 말했다. "당신은 나락에 떨어진 상태였는데, 부인은 당신 혼자 감당하라고 내버려둔 채 짐을 꾸려 떠나버렸죠. 난 프리실라한테 배신당했고요. 나를 떠났을 뿐 아니라, 잭이라는 이름의 수염 난 남자가 되기 위해 내가 사랑했던 몸도 버렸어요. 혹시 우리가 실패한다면, 그들 때문도 아니고 당신이나 내 과거 때문도 아니고 우리 때문이라고 생각하기로 해요. 당신에게 모험을 하라고 권하고 싶진 않아요. 당신에겐 이 상황이 모험인 걸 알아요. 어쨌거나 우리 둘 다에게 모험이에요. 나도 모험이라고 느끼니까. 물론 당신하곤 종류가 다르지만요. 하지만 일어날 수 있는 최악의 결과는 당신이 날 떠나는 거예요. 이제 당신을 잃으면 난 견디지 못할 거예요. 그래야만 한다면 견뎌보겠지만, 모험인 게 문제라면, 우린 이미 모험의 길에 들어섰어요. 이미 저질러버렸다고요. 물러서서 피해가기엔 너무 늦었어요."

"그러니까, 잘 지내는 동안에는 이 상황에서 벗어나길 원치 않는다는 뜻인가?"

"바로 그거예요. 난 당신을 원해요, 알잖아요. 당신이 내 사람이라고 믿게 됐어요. 나한테서 억지로 떠나려 하지 마요. 난 지금 이대로가 좋고, 이 생활을 끝내고 싶지 않아요. 그것 말고는 할말이 없어요. 내가 할 수 있는 말은 당신이 노력한다면 나도 노력하겠다는 것뿐이에요. 이젠 잠깐의 외도 같은 게 아니에요."

"우린 모험의 길에 들어섰다." 그는 그녀의 말을 되풀이했다.

"우린 모험의 길에 들어섰어요." 그녀가 대꾸했다.

이 네 마디 말은 그에게 버림받는다면 그녀가 최악의 시간을 보낼 것이라는 뜻이었다. 그는 생각했다. 이 여자는 필요하다면 연속극에 나올 법한 말이라도 하겠지. 몇 달이나 지났는데도 프리실라가 준 충격과 수차례에 걸친 루이즈의 최후통첩으로 아직도 마음고생을 하고 있으니. 저러는 걸 기만이라고 할 순 없지. 우리가 본능적으로 택하는 전략이니까. 하지만 결국 언젠가 상황이 바뀌면, 액슬러는 생각했다, 그녀는 이 관계를 끝내버릴 수 있는 더 강한 위치에 올라서고 나는 너무 우유부단해서 이 관계를 지금 끊어버리지 못한 탓에 힘없는 위치로 떨어지겠지. 그리고 그녀가 강해지고 내가 약해졌을 때 가해질 타격을 나는 견뎌내지 못하겠지.

그는 자신들의 미래를 자신이 명료하게 직시했다고 생각했지만, 그럼에도 예상되는 상황을 바꾸기 위해 아무것도 할 수 없었다. 미래를 바꾸기에 지금 그는 무척 행복했다.

그 몇 달 동안 그녀는 머리칼을 거의 어깨까지 길렀다. 그리고 자연스럽게 윤기가 흐르는 숱이 풍성한 그 갈색 머리칼을, 성인이 된 후 내내 선호했던 남자같이 짧게 깎는 스타일 대신 다른 식으로 잘라볼까 생각하기 시작했다. 어느 주말 그녀는 다양한 머리 모양 사진이 가득한 잡지 두어 권을 들고 왔다. 액슬러는 한 번도 본 적 없는 유의 잡지였다. "이건 다 어디서 났나?" 액슬러가 물었다. "내가 가르치는 학생한테 빌렸어요." 그녀가 말했다. 두 사람은 거실 소파에 나란히 앉았고, 그녀는 책장을 넘기며 그녀에게 어울릴 것 같은 머리 모양이 실린 쪽의 귀퉁이를 접어 표시했다. 마침내 둘은 마음에 드는 모양을 두 가지로 좁혔다. 그녀는 그 쪽들을 찢어냈고, 그는 페긴이 머리를 자르려면 어디로 가야 하는지 물어보려고 맨해튼에 사는 여배우 친구에게 전화를 걸었다. 그에게 페긴의 옷을 사려면 어디로 가야 하는지, 액세서리를 사려면 어디로 가야 하는지 알려준 바로 그 친구였다. "나도 돈 잘 쓰는 나이 많은 애인이 있으면 좋겠네." 그 친구가 말했다. 하지만 그는 한 번도 그런 식으로 생각해본 적이 없었다. 그는 그저 페긴이 다른 여자들이 원할 만한 여자가 아니라, 액슬러 자신이 원할 만한 여자가 되도록 도울 뿐이었다. 그들은 그렇게 되도록 함께 몰두했다.

그는 그녀와 함께 이스트 60번가에 있는 고급 미용실로 갔다. 젊은 일본인 여자가 그들이 가지고 온 사진 두 장을 살펴보고 나서 페긴의 머리를 잘랐다. 미용사가 머리를 감겨준 뒤 거울 앞 의자에 앉은 그 순간만큼 무방비한 페긴을 그는 한 번도 본 적이 없었다. 어떻게 행동해야 할지 몰라하는 모습이나 약한 모습의 페긴은 한 번도 본 적이 없었다. 거울에 비친 자기 모습을 제대로 쳐다보지 못하고 굴욕의 경계에서 수줍어하며 말없이 그곳에 앉아 있는 그녀의 모습은 머리를 깎는다는 행위에 완전히 변형된 의미를 부여했다. 그 모습은 그의 온갖 자기 불신에 불을 붙였고, 이미 그가 여러 차례 생각했던 것처럼 혹시 자신이 거대하고 절박한 환상에 눈이 먼 것은 아닌지 의심하게 만들었다. 이런 여자가 왜 이미 많은 걸 잃어가고 있는 남자에게 끌리는 걸까? 그가 그녀를 그녀가 아닌 다른 누군가로 가장하도록 만든 건 아닐까? 값비싼 치마 하나로 이십여 년의 인생 경험을 처분해버릴 수 있다는 듯 그녀에게 변장용 의상을 입힌 것은 아닐까? 그는 자신에게 거짓말을 하면서, 필경 조금도 유해하지 않을 거짓말을 하면서 그녀를 왜곡시키고 있는 것은 아닐까? 만약 그가 한 레즈비언의 인생에 잠시 무단 침입한 수컷에 지나지 않았다는 게 드러난다면?

그래도 페긴은 윤기 있고 풍성한 갈색 머리칼을 잘랐다. 목 아래쪽까지 오는 길이로 층을 내서 머리칼 끝이 들쑥날쑥하게 깎았는데, 약간 흐트러진 듯한 그 모양이 될 대로 되라는 식의, 그녀에게 딱 맞는 분위기를 더해주었다. 그녀는 그가 그 모든 대답 없는 물음들에 괴로워하지 않게 하려고 변신한 듯 보였다. 진지하게 생각해볼 필요조차 없는 물음들이었다. 두 사람이 옳은 선택을 했다고 그녀가 확신하는 데에는 그가 그것을 확신하는 데 든 시간보다 조금 더 걸리긴 했다. 하지만 불과 며칠도 지나지 않아 그 머리 모양은, 그가 그녀의 외양을 바꾸고 그녀가 어떻게 보여야 하는지 그가 결정하고 그녀의 진정한 인생이 무엇인지에 대한 그의 생각을 제시하도록 그녀가 허용한 것과 관련해 그 머리 모양이 뜻하는 모든 것은 그냥 받아들일 수 있는 정도 이상은 된 듯했다. 어쩌면 그의 눈으로 보면 자신이 정말 멋져 보였기 때문에, 그녀는 그때껏 살아오는 동안 자신에 대해 갖고 있던 느낌과 어울리지 않는데도 그의 원조를 계속 받아들이는 것을 불쾌해하지 않았는지 몰랐다. 만약 정말로 그녀가 기꺼이 받아들인 것이라면, 만약 정말로 그녀가 그를 완전히 장악한 것이 아니라면, 그녀가 그를 수중에 쥐고 그를 장악한 것이 아니라면 말이다.

어느 금요일 늦은 오후에 페긴은 죽을상이 되어 그의 집에 왔다. 루이즈가 랜싱에 사는 그녀의 부모에게 한밤중에 전화를 걸어, 그들의 딸이 어떻게 자신을 기회주의적으로 이용하고 속였는지 말했다고 했다.

"그리고 또?" 그가 물었다.

그의 물음에 페긴은 당장이라도 울음을 터뜨릴 기세였다. "그 여자가 부모님한테 당신 얘기를 했어요. 내가 당신이랑 같이 산다고."

"그래서 부모님은 뭐라고 하던가?"

"어머니가 전화를 받았대요. 아버지는 주무셨고요."

"그래서 캐럴은 어떻게 받아들이던가?"

"나한테 사실이냐고 물었어요. 난 당신이랑 같이 살지 않는다고 말씀드렸어요. 그저 친한 친구 사이가 되었다고만 했죠."

"아버지는 뭐라고 하고?"

"전화를 받지 않으셨어요."

"왜?"

"나도 몰라요. 비열한 년! 왜 그만두지 않는 거지!" 그녀가 꽥 소리를 질렀다. "강박증에, 소유욕에, 질투에, 앙심에 정신 나간 년!"

"그 여자가 당신 부모한테 얘기한 게 그렇게 문제인가?"

"당신한테는 문제가 안 된다는 거예요?" 페긴이 물었다.

"그게 당신을 괴롭힌다면 문제가 되지. 그렇지 않다면 전혀. 오히려 잘된 일 같은데."

"아버지랑 이야기하게 되면 뭐라고 하죠?" 그녀가 물었다.

"페긴 마이크, 하고 싶은 대로 말해."

"아버지가 아예 나랑 이야기하지 않으려 할 수도 있어요."

"그럴 것 같진 않은데."

"어쩌면 당신하고 얘기하고 싶어하실지도 몰라요."

"그럼 내가 그 친구랑 이야기하면 되겠군." 액슬러가 말했다.

"아버지 화 많이 났을까요?"

"당신 아버진 합리적이고 분별 있는 사람이야. 왜 화를 내겠나?"

"아, 그 나쁜 년. 그 여잔 완전히 정신이 나갔어요. 통제 불능이에요."

"그래." 그가 말했다. "당신에 대한 생각이 그 여자를 괴롭히는 거야. 하지만 당신은 통제 불능이 아니고, 나도 아니고, 당신 어머니나 아버지도 아니지."

"그렇다면 왜 아버진 나하고 말하지 않는 거죠?"

"그렇게 걱정되면 전화해서 직접 물어봐. 내가 그 친구하고 직접 이야기하는 건 어떤가."

"아니에요. 내가 할게요. 내가 직접 할게요."

그녀는 저녁식사를 마칠 때까지 기다렸다 서재에 들어가 문을 닫고 랜싱에 전화를 걸었다. 십오 분 뒤 그녀가 전화기를 들고 나와 그에게 내밀었다.

액슬러는 전화를 받았다. "에이서인가? 잘 지냈나?"

"어이, 잘 있었나? 듣기로 자네가 내 딸을 유혹했다던데."

"그애와 사귀고 있네. 사실이야."

"글쎄, 내가 전혀 놀라지 않았다고 말하진 못하겠네."

"글쎄," 액슬러는 껄껄 웃으며 대꾸했다. "나도 그렇네."

"그애가 자네를 찾아간다고 했을 때만 해도 이런 일이 일어날 거라곤 상상도 못했네." 에이서가 말했다.

"그래, 자네가 이 일로 마음 상하지 않아 다행이야." 액슬러는 대답했다.

잠시 침묵한 뒤 에이서가 대답했다. "페긴은 전속 계약이 풀린 배우나 마찬가지야. 오래전에 어린 시절에서 벗어났으니까. 이 보게, 캐럴이 자네하고 인사나 하고 싶다네." 에이서가 전화기를 아내에게 넘겼다.

"이런, 이런." 캐럴이 말했다. "우리 셋 다 뉴욕의 풋내기였던 시절에 이런 일을 누가 상상이나 했겠어?"

"아무도 못했지." 액슬러는 말했다. "난 페긴이 여기 나타난 그날도 이런 일은 상상 못했어."

"내 딸아이가 옳게 행동하는 걸까?" 캐럴이 그에게 물었다.

"난 그렇다고 생각해."

"당신 계획은 뭐야?" 캐럴이 물었다.

"아무 계획 없어."

"페긴은 늘 우릴 놀라게 했어."

"나도 놀랐어." 액슬러가 말했다. "그애도 우리 못지않게 놀랐을 거야."

"그래, 그앤 자기 친구 루이즈도 놀라게 했지."

그는 루이즈도 다른 사람을 놀라게 하는 존재라는 대답은 굳이 하지 않았다. 캐릴은 분명 상냥하고 친절하게 대할 작정이었겠지만, 그녀의 목소리가 불안정한 걸 보아 그 통화가 정말 괴로운 일이라는 걸, 그녀와 에이서는 페긴의 행복을 위해 그저 옳고 분별 있게 행동하고 있는 것뿐이라는 걸 액슬러는 확신했다. 그게 그들의 방식이니까. 그들은 스물세 살 난 페긴이 자신이 레즈비언이라고 말했을 때 그랬듯, 마흔이 된 딸과도 소원해지길 원치 않았다.

실제로 캐릴은 그다음 토요일에 페긴과 만나 점심을 먹기 위해 비행기를 타고 미시간에서 뉴욕으로 왔다. 그날 아침 페긴은 차를 몰고 뉴욕에 갔고, 저녁 여덟시가 되어서야 돌아왔다. 둘의 저녁을 준비해놓았던 그는 식사가 끝나고 나서야 어머니는 잘 만났느냐고 그녀에게 물었다.

"그래, 캐릴은 뭐라고 하던가?" 액슬러는 물었다.

"전부 숨김없이 털어놓길 원해요?" 페긴이 말했다.

"그래주면 좋겠는데." 그는 말했다.

"좋아요." 그녀가 말했다. "할 수 있는 한 정확하게 기억을 되살려볼게요. 상냥하지만 강도 높은 취조였어요. 어머닌 저속하거나 이기적이거나 하진 않았어요. 그저 어머니답게 캔자스식 솔직함을 보여주셨어요."

"계속해보게."

"전부 다 알고 싶은가보군요." 페긴이 말했다.

"그래." 그가 대꾸했다.

"그러니까, 우선, 식당에서 어머닌 내가 앉은 테이블을 그냥 지나쳤어요. 날 못 알아보신 거죠. 내가 '어머니' 하고 불렀더니 그제야 돌아서서 이렇게 말하셨어요. '세상에, 내 딸이구나. 몰라보게 예뻐졌구나.' 그래서 내가 말했죠. '예뻐졌다고요? 전엔 예쁘지 않다고 생각하셨던 거예요?' 그러자 어머니가 말했어요. '머리도 새로 하고, 옷도 한 번도 본 적 없는 스타일이구나.' 그래서 내가 말했죠. '좀더 여성스러워졌다는 거겠죠.' 어머닌 '확실히'라고 하시면서 '그래, 정말 예뻐 보이는구나, 얘야. 이렇게 바뀐 지 얼마나 된 거니?' 하고 물으셨어요. 그래서 그동안의 일들을 말했더니 이러셨어요. '머리를 아주 잘 잘랐구나. 꽤 비쌌겠네.' 그래서 내가 말했죠. '요즘 뭔가 새로운 시도를 해보고 있어요.' 그랬더니 이러셨어요. '넌 새로운 일을 여러 방식으로 시도하고 있는 것 같구나. 내가 이 멀리까지 온 건, 네가 그 관계가 어떤 결과를 낳을지 충분히 생각해봤는지 확인해보고 싶어서다.' 난 로맨틱한 관계를 가질 때 결과까지 충분히 생각하는 사람이 과연 있는지 잘 모르겠다고 대답했어요. 그리고 지금은 이관계 때문에 정말 행복하다고 했죠. 그랬더니 이러셨어요. '그사람이 정신병원에 입원했었다는 얘기를 우리도 들었다. 어떤사람은 여섯 달이었다고 하고, 어떤 사람은 일 년이었다고도 하던데, 뭐가 사실인지는 잘 모르겠구나.' 난 당신이 딱 열두 달 전에 거기에 이십육 일 동안 있었는데, 무대에서 연기하는 데 문제가 있었기 때문이라고 이야기했어요. 일시적으로 연기력을 상실해서 연기에 몰입하지 못하고 무너졌던 거라고요. 그때 당신한테 어떤 감정적 문제나 정신적 문제가 있었든, 지금 우리가 함께하는 삶에선 전혀 드러나지 않는다고. 난 당신이 멀쩡하다고, 이제까지 내가 만났던 어떤 사람보다 멀쩡하다고, 그리고 우리가함께 있을 때 당신은 안정감 있고 꽤 행복해 보인다는 얘기도 했어요. 그랬더니 물으셨어요. '그 사람 아직도 연기 때문에 곤경에 빠져 있니?' 그래서 그렇기도 하고 아니기도 하다고 대답했어요. 문제가 있긴 하지만, 내 생각엔 나를 만나 함께 지내면서 더는 예전처럼 비참해하는 것 같진 않다고요. 이젠 부상당해 경기에 출장하지 못하고 완치되길 기다리는 운동선수와 더 비슷한 상황이라고 했죠. 어머니가 물었어요. '혹시 그 사람을 곤경에서 구해내야 한다고 생각하는 건 아니지, 그렇지?' 내가 아니라고 확실하게 말하자 어머닌 당신이 어떻게 시간을 보내는지 물었어요. 그래서 이랬죠. '나를 만나요. 계속 날 만날 계획인 것 같아요. 책도 읽고요. 나한테 옷도 사주고.' 그랬더니 어머니가 갑자기 이야기를 그쪽으로 확 틀어버렸어요. '그러니까 이게 다 그 사람이 사준 옷들이구나. 이런, 여기서도 모종의 구원 환상이 작용하는 것 같은데.' 난 어머니가 너무 비약이 심하다고, 우리 둘이 재미삼아 하는 일일 뿐이니 그냥 내버려둘 수 없느냐고 말했어요. '그 사람은 내가 원치 않는 방식으로는 내게 영향을 끼치려 하지 않아요.' 어머니가 물었어요. '그 사람이 네 옷을 사줄 때 같이 가니?' 그래서 대답했죠. '대개는요. 다시 말하지만, 그 일이 그 사람을 행복하게 해주는 것 같아요. 그를 보면 알 수 있어요. 그 일이 나한테도 같이 하고 싶은 실험 같은 게 되었는데, 왜 그걸 가지고 걱정해야 하는지 모르겠어요.' 그리고 여기서 대화의 방향이 바뀌었어요. 어머니가 말했어요. '글쎄다, 내가 뭘 걱정하는지 너한테 말해줘야 할 것 같구나. 넌 남자의 세계는 처음이잖니. 내가 이상하게 생각하는 건, 아니 어쩌면 그다지 이상할 것도 없을지 모르겠다만, 네가 이 새로운 삶을 시작하기 위해 선택한 남자가 너보다 스물다섯이나 많은데다 병원에 입원해야 했을 만큼 망가졌었던 사람이라는 거야. 그리고 무엇보다 지금 하는 일도 없는 사람이잖니. 그 모든 점이 내겐 그다지 좋은 전조로 보이지 않는구나.' 난 내가 한때 정말 사랑했던 사람이 어느 날 아침 갑자기 '난 이 몸으로 살 수 없어'라며 남자가 되기로 결정했다는 얘기를 들었을 때보다 더 나쁠 것 없어 보인다고 말했어요. 그런 다음 그곳으로 차를 몰고 가는 동안 준비해서 외워둔 이야기를 했어요. '그 사람의 나이에 대해서라면, 어머니, 난 그게 문제라고 생각하진 않아요. 만약 내가 남자에게 매력적으로 보이려고 한다면, 또 내가 남자에게 끌리는지 알아보려고 노력할 작정이라면 이런 나이 차야말로 최고의 수단이 될 수 있어요. 그 사람이 시험대예요. 스물다섯이라는 나이 차이는 동갑내기 남자와 이런 실험을 하려 했을 경우 그 남자가 갖고 있을 경험보다 이십오 년 치가 더 많은 거잖아요. 우린 결혼 얘기 같은 건 안 해요. 말했잖아요, 우린 그저 서로 즐기는 거라고요. 부분적으론 그 사람이 나보다 스물다섯 살이 많기 때문에 좋은 것이기도 해요.' 그랬더니 어머니가 이러는 거예요. '그럼 그 사람도 네가 자기보다 스물다섯 살이 어리기 때문에 좋은 거겠구나.' 내가 '기분 나쁘게 듣진 마세요, 어머니, 혹시 질투하는 거예요?'라고 말하니까 어머니가 웃음을 터뜨리며 '얘야, 내 나이 이미 예순셋이고 사십 년 넘게 네 아버지와 행복한 결혼생활을 해왔단다. 그건 사실이야' 하시더니 이러시는 거예요. '그런데 네가 알면 쾌감을 느낄지도 모르겠다만, 싱의 작품에서 내가 페긴 마이크 역을 맡고 사이먼이 크리스티 역을 맡았을 때, 난 그 사람한테 홀딱 반했었단다. 누군들 안 그랬겠니? 그는 엄청나게 매력적인데다 정력적이고 활기 넘치고 유쾌한 사람이었어. 이미 누가 봐도 다른 어느 배우보다 재능이 월등히 뛰어나고 강렬한 인상을 주는 배우, 굉장한 배우였지. 그래, 맞아, 나도 반했었단다. 하지만 나는 이미 결혼했고, 뱃속에 널 가진 상태였단다. 그 마음은 그냥 흘려보내야 했지. 그후로 지금까지 그 사람을 만난 건 열 번도 안 되는 것 같구나. 나는 배우인 그를 대단히 존경해. 하지만 그가 병원에 입원했었던 게 계속 걸려. 스스로 정신병원에 입원해서 짧든 길든 거기 있었다는 건 작은 일이 아니야. 보렴, 얘야.' 어머니는 또 말했어요. '내가 볼 때 중요한 건 네가 이 상황에 무턱대고 뛰어들지는 않아야 한다는 거야. 경험이 부족해서 스무 살짜리나 할 일을 저지르고 싶진 않겠지. 네가 순진한 짓은 안 했으면 좋겠구나.' 그래서 말했어요. '난 그렇게 순진하지 않아요, 어머니.' 나는 어머니가 일어날까봐 걱정하는 일은 누구에게나 일어날 수 있는 일 아니냐고 물었어요. 어머닌 이렇게 대답했어요. '내가 뭘 걱정하는데? 난 그 사람이 하루하루 더 늙어간다는 게 걱정돼. 그런 건 어쩔 수 없는 일이니까. 예순다섯에서 예순여섯이 되고, 그다음엔 예순일곱이 되고, 그런 식으로 계속돼. 몇 년 후에는 일흔이 되겠지. 넌 칠십 먹은 노인이랑 살게 될 거고. 그런데 거기서 끝나는 게 아니란다.' 어머니가 계속 말했어요. '그다음에 그는 일흔다섯 노인이 될 거야. 절대 멈추지 않아. 계속돼. 노인들한테 으레 생기는 건강 문제도 나타나기 시작할 텐데, 어쩌면 상황은 그보다 더 안 좋을 수도 있어. 그렇게 되면 그 뒤치다꺼리는 네 책임이겠지. 그 사람을 사랑하니?' 어머니가 물었어요. 난 그런 것 같다고 대답했고요. 그랬더니 물으셨어요. '그도 널 사랑하고?' 난 또 그런 것 같다고 대답했죠. 난 말했어요. '괜찮을 거예요, 어머니. 그가 나보다 더 걱정될 거라는 생각을 한 적이 있어요. 나한테보다 그 사람한테 더 불안한 일이잖아요.' 어머니가 '왜 그렇지?' 하고 묻기에 난 말했어요. '음, 어머니 말대로 난 처음 겪는 일이에요. 물론 그에게도 색다른 경험이긴 하겠지만, 내가 느끼는 정도로는 아닐 거예요. 내가 이 상황을 얼마나 잘 즐기는지 나도 놀라고 있어요. 하지만 아직은 나도 이 변화를 내가 끝까지 계속 원할 거라고 단언하진 못해요.' 그러자 어머니가 말했어요. '그래, 알겠다, 나도 한정 없이 이야기하고 싶진 않아. 게다가 이 일에 지금 있지도 않고 어쩌면 영원히 없을지도 모를 절박함을 더하고 싶진 않구나. 난 그저 널 한

번 만나보는 게 중요하다고 생각했어. 그리고 이 말은 꼭 다시 해야겠다. 지금 네 외모는 정말 인상적이야.' 그래서 내가 물었죠. '이런 모습을 보니까 역시 이성애자 딸을 두는 게 더 좋겠다는 생각이 드세요?' 어머닌 말했어요. '네가 이젠 레즈비언이 아니면 좋겠단 생각이 들긴 하는구나. 물론 네가 하고 싶은 대로 해도 돼. 그 문제에 관해선 네가 예전에 독립해 살던 시절에 우릴 잘 교육시켜놓았잖니. 하지만 물리적인 변화는 신경 안 쓸 수가 없구나. 누구든 신경 안 쓸 수 없도록 엄청나게 공들였어. 눈 화장까지 했잖니. 정말 인상적인 변화구나.' 그때 내가 이 말을 꺼냈어요. '아빤 어떻게 생각할 것 같아요?' 그랬더니 이러셨어요. '며칠 후에 새 작품을 올릴 거라 자릴 비울 수 없어서 같이 못 왔단다. 하지만 아버지도 널 보러 오고 싶어했어. 연극이 자릴 잡는 대로 한번 올 거야, 너만 괜찮다면. 그때 아버지한테 직접 물어보렴, 어떻게 생각하는지. 자, 그건 그렇고. 쇼핑이나 하러 갈까?' 어머니가 '네 구두가 정말 훌륭하구나. 어디서 샀니?'라고 묻기에 어딘지 말했더니 이러는 거예요. '내가 그거랑 똑같은 걸 산다고 하면 반대할 거니? 같이 사러 가지 않을래?' 우린 택시를 타고 매디슨 애비뉴로 갔고, 어머닌 당신한테 맞는 사이즈로 코가 뾰족하고 굽이 낮고 가는 핑크와 베이지가 배합된 에나멜가죽 펌프스를 샀어요. 지금 어머닌 내 거랑 똑같은 프라다 구두를 신고 미시간을 활보하고 있을 거예요. 어머니가 내 치마도 무척 마음에 들어했기 때문에 우린 소호에 가서 어머니 사이즈에 맞는 똑같은 치마도 샀어요. 좋은 결말 아니에요? 하지만 오후 늦게, 그러니까 새로 산 물건이 든 쇼핑백들을 들고 공항으로 떠나기 전에 어머니가 뭐랬는지 알아요? 구두 쇼핑이 아니라 이게 진짜 결말이에요. 어머니가 말했어요. '점심을 먹으면서 네가 나를 설득하려 했던 이야기는, 페긴, 세상에서 가장 분별력 있고 가장 이성적인 협상처럼 들렸단다. 물론 그렇지 않지. 하지만 당사자도 아닌 사람들이, 네가 매일 아침 눈뜨자마자 원하는 것에서 벗어나도록, 모든 사람의 따분한 똑같음에서 벗어나도록 널 설득해봤자, 널 좌절시키기만 할 거야. 이 말은 꼭 해야겠구나. 맨 처음 네가 그 사람하고 사귄다는 걸 알았을 때 난 네가 제정신이 아니거나 분별을 잃었다고 생각했다. 그리고 너랑 이야기를 나누고, 함께 하루를 보내고, 정말이지 네가 대학에 들어가며 집을 떠난 이후 처음으로 같이 쇼핑도 하고 그런 지금도 말이다, 완전히 침착하고 이성적이고 사려 깊은 너를 본 지금도 난 그 일이 제정신이 아닌 분별없는 일 같아.'"

여기서 페긴은 이야기를 멈췄다. 그녀는 거의 삼십 분 동안 대화 내용을 재연해 들려주었고, 그동안 그는 입을 열지도 않았고 의자에서 움직이지도 않았다. 또한 더 듣지 않아도 될 것 같은 이야기가 나왔을 때도 그만하라고 하지 않았다. 그녀에게 그만하라고 말하는 건 그에게 득이 되지 않았다. 모든 사실을 아는 편이, 모든 말을 듣는 편이, 필요하다면 그 말이 설사 "아직은 나도 이 변화를 내가 끝까지 계속 원할 거라고 단언하진 못해요" 같은 것이라도 듣는 게 그에게는 이득이었다.

"이게 끝이에요. 이게 다예요." 페긴이 말했다. "거의 이런 이야기들이 나왔어요."

"당신이 예상했던 것보다 더 나았나, 아니면 더 안 좋았나?" 액슬러는 물었다.

"훨씬 나았죠. 거기까지 운전해 가는 동안 정말 걱정했거든요."

"글쎄, 그럴 필요 없었던 것처럼 들리는데. 당신은 아주 잘 처신했어."

"그러곤 돌아오면서 또 걱정했어요. 당신한테 전부 얘기해야 할 텐데, 내가 사실대로 이야기하면 당신이 불편해할 거라는 걸 알았거든요."

"글쎄, 그것도 걱정할 필요 없었는데."

"정말요? 내가 전부 다 얘기하는 바람에 당신이 어머닐 싫어하지 않았으면 좋겠어요."

"당신 어머닌 어머니라면 당연히 할 만한 얘길 한 거야. 이해해." 액슬러는 웃으며 말했다. "내가 캐럴과 생각이 다르다고는 못하겠는데."

페긴이 얼굴을 붉히며 나지막하게 말했다. "이 일로 당신이 날 싫어하지 않았으면 좋겠어요."

"당신한테 감탄했는걸." 그는 말했다. "어머니하고 이야기할 때도 지금 나하고 이야기할 때도 어떤 것에도 움츠러들지 않았으니까."

"진심이에요? 기분 상하지 않았어요?"

"전혀." 하지만 당연히 그는 기분이 상했다. 기분이 상했을 뿐 아니라 화도 치밀었다. 무대 위에서나 무대 밖에서나 평생 상대의 말을 경청해왔던 대로 조용히 귀기울이고 앉아 있었지만, 캐럴이 늙어가는 과정이나 그로 인해 자기 딸이 빠지게 될 위험에 대해 설명한 부분 때문에 특히 괴로웠다. 또한 당장은 부드러운 어조로 말하고 있긴 했지만, "제정신이 아니거나 분별없는 행동"이라는 말에 동요하지 않을 수 없었다. 그는 그 모든 것에 욕지기가 났다, 정말로. 만약 페긴이 스물둘이고 그들이 마흔 살이나 차이 난다면 이럴 수도 있다. 하지만 왜 이 모험심 넘치는 마흔 살 난 여자와 이상한 소유 관계여야 한단 말인가? 게다가 마흔이나 된 여자가 부모가 뭘 원하는지에 대체 왜 이렇게 신경을 쓴단 말인가? 돈으로 맺어진 관계라고 보는 관점에서라면, 그 두 사람은 자기 딸이 액슬러와 사귀는 것에 조금은 흡족해해야 한다고 그는 생각했다. 돈 많은 유명인사가 딸을 돌봐줄 테니까. 어쨌든 그녀 역시 더 젊어지거나 하지 않을 것이다. 그녀는 인생에서 뭔가를 이룬 사람과 함께 자리를 잡는 것이다. 그게 뭐 그렇게 잘못된 건가? 캐럴의 진짜 메시지는 이것인 거다. 미쳐버린 늙은 영감을 뒷수발하겠다고 나서지는 마라.

하지만 캐럴이 늘어놓은 말을 페긴이 받아들이지 않은 듯 보였기 때문에, 그는 마음에 들지 않는 다른 모든 것과 마찬가지로 그 문제에 대해서도 함구하는 게 최선이라고 생각했다. 간섭한다고 그녀의 어머니를 공격해서 좋을 일이 뭐 있겠는가? 그저 웃어넘기는 듯 보이는 게 낫다. 만약 그녀가 어머니와 같은 시선으로 그를 보게 된다면, 어쨌든 그는 그러지 못하게 할 어떤 말이나 행동도 할 수 없을 테니까.

"당신은 정말 멋진 사람이에요." 페긴이 말했다. "내가 정말로 필요로 하던 그런 사람."

"그리고 당신도 내게 그런 사람이지." 이렇게 말하고 그는 그 얘기를 마무리했다. 이런 말을 덧붙이지는 않았다. "당신 부모 일은, 나도 얼른 두 사람의 고통을 덜어주고 싶어. 하지만 그 둘의 기분에 맞춰 내 인생을 정리할 순 없잖나. 솔직히 그 둘의 기분은 나한텐 그다지 중요하지 않아. 그리고 이쯤 되면 당신한테도 그다지 중요하지 않을 것 같은데." 아니, 그는 그러지 않을 것이다. 대신 꼼짝 않고 앉아 저 가족의 존재가 서서히 희미해지기를 바라며 참을 것이다.

다음날 페긴은 자신이 쓰는 서재의 벽지를 뜯어내는 데 몰두했다. 몇 년 전에 빅토리아가 고른 벽지였는데, 액슬러는 그 벽지를 어떻게 하든 상관없었지만 페긴은 그 문양을 견딜 수 없어하며 뜯어도 괜찮느냐고 물었다. 그는 그 방은 그녀의 공간이니 좋을 대로 하라고, 2층의 안쪽 침실과 그 옆 욕실도, 집 안의 다른 모든 방도 마음대로 하라고 말했다. 그는 칠장이를 불러 일을 시키면 쉬울 거라고 했지만, 그녀는 직접 벽지를 뜯고 칠을 해서 그 서재를 공식적으로 자기 것으로 만들겠다고 고집을 부렸다. 그녀의 집에는 벽지를 뜯는 데 필요한 온갖 도구가 다 있었고, 그녀의 어머니가 뉴욕에 와서 이 집에서 지내는 게 현명한 짓인지 모르겠다고 했던 바로 다음날인 그 일요일에 작업을 시작하려고 그 도구들을 전부 가져왔다. 그는 그날 내내 벽지를 벗기는 그녀를 보려고 그 방에 열 번은 가봤고, 매번 똑같은 안도감을 느끼며 방에서 나왔다. 만약 그와 헤어지라는 캐럴의 설득에 넘어갔다면 그녀가 그렇게 열심히 일하지 않을 테니까. 그녀가 이 집에 머물 생각이 없다면 지금처럼 일을 하지 않을 테니까.

다음날 아침 일찍 수업이 있었기 때문에 페긴은 그날 저녁 대학 근처에 있는 집으로 차를 몰고 돌아갔다. 일요일 밤 열시 무렵 전화벨이 울리자 그는 집에 잘 도착했다는 그녀의 전화일 거라고 생각했다. 하지만 아니었다. 페긴에게 차인 학장이었다. "알아두는 게 좋을 거예요, 유명인사 씨. 그 여잔 섹시하고 대담하고 철저히 무자비하고 철저히 냉정하고 비길 데 없이 이기적이고 완전히 부도덕해요." 그렇게 말하고 학장은 전화를 끊었다.

다음날 아침 액슬러는 차를 손보기 위해 정비소에 맡겼고, 정비사가 견인트럭으로 그를 집까지 태워다줬다. 차는 저녁때쯤 정비가 끝나면 수리공이 가져다주기로 했다. 정오 무렵 액슬러는 샌드위치를 만들어 먹으려고 주방으로 들어갔다 우연히 창밖을 내다보았는데, 뭔가가 헛간 근처 들판을 가로질러 헛간 뒤로 사라지는 게 보였다. 이번에는 주머니쥐가 아니라 사람이었다. 그는 주방 창문에서 물러서서 두번째, 세번째, 아니면 네번째 사람이 어디 다른 데 숨어 있는지 보려고 기다렸다. 불안하게도 최근 몇 달 동안 카운티 전역에서 여러 차례 도둑이 들었는데, 주로 주말에만 사람이 사는 빈집들이 대상이었다. 그는 도둑이 차고에 차가 없는 것을 보고 자기 집을 대낮 빈집털이의 목표물로 삼은 게 아닐까 생각했다. 그는 서둘러 다락으로 가서 산탄총을 꺼내 탄약을 장전했다. 그런 다음 다시 아래층으로 내려와 주방 창문에서 자신의 사유지를 살펴보았다. 북쪽으로 100야드 떨어진, 그의 집 진입로와 직각을 이루는 도로에 차 한 대가 주차된 게 보였지만, 너무 멀어서 사람이 타고 있는지 아닌지 분간하기 어려웠다. 낮이든 밤이든 거기에 차가 세워져 있는 일은 거의 없었다. 그 도로 건너편은 숲이 우거진 비탈이었고, 그의 집 쪽은 헛간과 차고와 집으로 이어지는 들판이었다. 갑자기 헛간 뒤에 숨었던 사람이 헛간 가장자리를 따라 슬며시 걸어나오더니 그의 집을 향해 전속력으로 달려왔다. 주방 창문으로 그는 침입자를 보았다. 청바지에 군청색 스키재킷을 입은, 키가 크고 날씬한 붉은색 머리 여자였다. 여자는 건물 정면으로 난 창문으로 거실을 자세히 들여다보았다. 그는 여전히 그 여자가 혼자인지 아닌지 확신할 수 없어, 총을 든 채 잠시 꼼짝 않고 서 있었다. 곧 여자는 다른 창문으로 움직이기 시작했고, 매번 멈춰 서서 집 안을 구석구석 들여다보았다. 그는 뒷문으로 슬쩍 빠져나와, 집 남쪽으로 난 거실 창문 가운데 하나를 들여다보고 있는 여자의 눈에 띄지 않게 10피트 이내 거리까지 접근했다.

그는 여자를 향해 총을 겨누며 말했다. "뭘 도와드릴까요, 부인?"

"아!" 돌아서서 그를 보고 여자가 소리를 질렀다. "이런, 죄송해요."

"혼자요?"

"네, 혼자예요. 전 루이즈 레너예요."

"당신이 그 학장이군."

"네."

여자는 페긴보다 나이는 별로 많아 보이지 않았지만, 키는 한참 더 커서 액슬러보다 겨우 몇 인치 작을 뿐이었다. 그리고 꼿꼿한 자세와, 넓은 이마가 드러나도록 뒤로 넘겨 목덜미 쪽에서 단정히 묶은 붉은 머리가 영웅적인 조각상 같은 분위기를 풍겼다. "지금 무슨 짓을 하고 있다고 생각하시오?" 그는 물었다.

"무단 침입이죠, 나도 알아요. 해코지할 생각은 없었어요. 집에 아무도 없는 줄 알았거든요."

"전에도 와본 적 있소?"

"차를 몰고 가다 그냥 지나친 적은 있어요."

"왜지?"

"그 총 좀 치워줄래요? 아주 불안하네요."

"글쎄, 창문마다 들여다보며 날 불안하게 만든 건 그쪽인 것 같은데."

"죄송해요. 사과할게요. 제가 어리석었어요. 정말 부끄럽네요. 갈게요."

"뭘 하고 있었소?"

"뭘 하고 있었는지 아시지 않나요." 여자가 말했다.

"직접 말해보시오."

"전 그저 그녀가 주말마다 가는 곳을 한번 보고 싶었어요."

"상태가 심각하군. 그런 일로 버몬트에서 여기까지 차를 몰고 오다니."

"그녀는 영원히 함께하겠다고 약속해놓고 삼 주 만에 떠나버렸어요. 다시 한번 사과드려요. 한 번도 이런 짓을 한 적 없었는데. 여기 오지 말았어야 했어요."

"게다가 나를 만나는 것도 아마 별 도움이 안 될 거요."

"맞아요."

"질투심으로 더 속을 끓이게 될 거요." 액슬러는 말했다.

"증오심으로겠죠, 진실을 말하자면."

"어젯밤에 전화한 사람도 당신이겠군."

"저도 저 자신을 어쩌지 못하겠어요." 여자가 대답했다.

"당신은 집착하고 있소. 그래서 전화를 해대는 거요. 집착 때문에 스토킹도 하고. 그럼에도 당신은 대단히 매력적인 여자요."

"총을 든 남자한테 그런 말을 듣기는 처음이네요."

"그녀가 왜 당신을 버리고 나한테 왔는지 모르겠군." 그는 말했다.

"세상에, 모른다고요?"

"당신은 붉은 머리 발키리*이고 난 노인네잖소."

"유명 배우인 노인네죠. 액슬러 씨. 하찮은 사람인 척하지 마세요."

"안으로 들어오겠소?" 그는 물었다.

"왜요? 이젠 저까지 유혹하시려고요? 그게 당신 특기인가요, 레즈비언을 개조하는 거?"

"부인, 훔쳐본 사람은 내가 아니오. 한밤중에 미시간에 사는 그녀 부모에게 전화를 건 사람도 내가 아니고. 어젯밤에 전화해 이름도 안 밝히고 '유명인사 씨' 운운한 사람도 내가 아니오. 그렇게 성급하게 비난할 필요는 없을 텐데."

"전 제정신이 아니에요."

"그녀에게 그럴 만한 가치가 있다고 생각하시오?"

"아뇨. 당연히 아니죠." 그녀가 말했다. "그녀는 전혀 아름답지 않아요. 별로 똑똑하지도 않고. 철도 덜 들었죠. 신기할 정도로 나이에 비해 유치한 사람이에요. 애라니까요, 정말. 그녀는 몬태나에서 사귀던 애인을 남자로 바꿔놨어요. 나는 애정을 구걸하는 거지로 바꿔놨고요. 당신은 뭐로 바꿔놓을지 알 수 없죠. 재앙을 몰고 다니는 여자예요. 그런 능력은 어디서 나오는

---

* 북유럽신화에서 최고신 오딘을 섬기는 전쟁의 처녀들.

걸까요?"

"한번 맞혀보시오." 그는 말했다.

"그게 재앙을 일으키는 건가요?" 학장이 물었다.

"그녀에겐 성적으로 대단히 강력한 뭔가가 있소." 이 말에 그녀가 움찔했다. 하지만 한편으로 패자가 거기 버티고 서서 승자와 맞서기란 쉬운 일이 아닐 것이었다.

"강력한 걸로 치면 그것 말고도 수두룩하죠." 학장이 말했다. "그녀는 남자애 같은 여자애예요. 아이 같은 어른이고요. 그녀의 내면에는 자라지 않은 사춘기 아이가 있어요. 교활하게 천진난만하죠. 그녀의 섹슈얼리티가 단독으로 힘을 발휘하는 게 아니에요. 바로 우리가 동력이에요. 그녀에게 파괴력을 실어준 건 바로 우리예요. 페긴은 시시한 인간이에요, 아시다시피."

"그녀가 시시한 인간이라면 당신이 고통받을 이유도 없을 텐데. 시시한 인간이라면 그녀가 여기 있지도 않을 거요. 자, 일단 안으로 들어오는 게 좋겠소. 그러면 전부 가까이서 살펴볼 수 있을 테니까." 그리고 그는 페긴에 대한 이야기를 좀더 들을 수 있을 것이다. 비록 페긴이 자신을 "이용했다"는 생각으로 대단히 상처 입은 견해이긴 하겠지만. 그랬다, 그는 세상에서 가장 가까운 사람에 대해, 학장의 깊은 상처에서 우러나온 이야기를 듣고 싶었다.

"이미 너무 오래 있었어요." 학장이 말했다.

"안으로 들어와요." 그는 말했다.

"싫어요."

"내가 두렵소?" 그는 물었다.

"이렇게 바보 같은 짓을 저지른 건 사과드려요. 무단 침입을 하다니 죄송합니다. 하지만 이제 그만 절 보내주셨으면 좋겠네요."

"난 당신을 붙잡는 게 아니오. 당신은 이 상황의 윤리적인 잘못을 내게 뒤집어씌우려 드는군. 애당초 난 당신을 여기 초대한 적이 없소."

"그러면 왜 안으로 들어가자는 거죠? 페긴이 잠자리를 가졌던 여자와 자는 게 승리감을 주니까?"

"난 그런 야망은 없소. 지금 이 상황에 만족하니까. 지금까지 당신을 정중하게 대했잖소. 그저 커피 한잔 권하려는 것뿐이었소."

"싫어요." 학장이 차갑게 말했다. "싫다고요. 나하고 자고 싶은 거잖아요."

"내가 그러길 바라는 거요?"

"그게 당신이 바라는 거잖아요."

"내가 그러게 만들려고 여기 온 거군? 똑같은 방식으로 페긴에게 앙갚음하겠다?"

갑자기 그녀는 더이상 고통을 감추지 못하고 울음을 터뜨렸다. "너무 늦었어요. 너무 늦었다고요." 그녀는 흐느꼈다.

그녀가 무슨 말을 하는지 알 수 없었지만 그는 묻지 않았다. 그녀는 두 손으로 얼굴을 가린 채 울었고, 그는 옆구리에 총을 낀 채 돌아서서 뒷문으로 집에 들어왔다. 루이즈가 페긴에 대해 집 밖에서 한 이야기든 간밤에 전화로 한 이야기든 심각하게 받아들일 건 아무것도 없다고 믿으려 애쓰면서.

그날 밤 그는 페긴에게 전화했지만 오후에 있었던 일은 일절 언급하지 않았다. 주말에 페긴이 왔을 때도 루이즈가 찾아왔던 일을 말하지 않았다. 하지만 둘이 섹스하는 동안 붉은 머리의 발키리와, 현실에 일어난 적 없는 환상을 마음속에서 지워버리지도 못했다.

3
마지막 연기

척추 통증 때문에 그는 그녀와 섹스할 때 그녀 위로 올라갈 수 없었고 심지어 옆에서도 할 수 없었다. 그래서 그는 반듯이 눕고, 그녀는 체중이 그의 골반에 실리지 않도록 무릎과 손으로 바닥을 짚은 채 그의 몸 위로 올라갔다. 처음에 그녀는 남자 위에서 하는 법을 다 잊어버려 그가 두 손을 사용해 그녀에게 어떻게 하는지 가르쳐줘야 했다. "뭘 어떻게 해야 할지 모르겠어요." 페긴이 수줍게 말했다. "당신은 말 등에 앉아 있는 거야." 액슬러가 설명했다. "말을 타봐." 그가 그녀의 항문에 엄지손가락을 밀어넣자 그녀는 쾌감으로 한숨을 내쉬며 속삭였다. "누가 거기에 뭔가를 집어넣은 건 처음이에요." "그럴 리가." 그가 속삭였다. 그리고 이후에 그가 그곳에 성기를 삽입하자 그녀는 더 밀어넣을 수 없을 정도로 깊숙이 받아들였다. "아픈가?" 그가 물었다. "아파요, 하지만 당신이잖아요." 끝나고 나면 그녀는 자주 손바닥에 그의 성기를 올려놓고 발기가 풀리는 것을 응시하곤 했다. "뭘 그렇게 생각하지?" 그가 물었다. "이건 꽉 채워줘요." 그녀가 말했다. "딜도나 손가락으론 느낄 수 없는 방식으로. 이건 살아 있어요. 살아 있는 존재예요." 그녀는 곧 말 타는 법에 숙달됐고, 얼마 지나지 않아 천천히 위아래로 움직이며 이렇게 말하기 시작했다. "날 때려요." 그가 그녀를 때리면 그녀는 조롱하듯 말했다. "지금 그게 때린 거예요?" "얼굴이 이미 빨개졌잖나." "더 세게." 그녀가 말했다. "좋아, 그런데 왜?" "내가 당신한테 그렇게 해도 좋다고 허락했으니까. 그렇게 하면 아프니까. 그렇게 하면 내가 어린 여자애 같은 느낌이 들고, 내가 창녀 같은 느낌이 드니까. 어서 해요. 더 세게."

어느 주말 그녀는 섹스 기구들이 담긴 작은 비닐주머니를 가져와서는 침대에 들려 할 때 시트 위에 쏟아놓았다. 딜도 같은 것이라면 그도 볼 만큼 봤지만, 가죽 벨트로 몸에 딜도를 단단히 고정해서 한 여자가 다른 여자 위로 올라가 삽입할 수 있게 만든, 그 마구처럼 생긴 걸 사진이 아닌 실물로 보기는 처음이었다. 그녀에게 그 장난감들을 갖고 오라고 부탁한 것은 그였다. 그는 그 기구를 양 허벅지에 꿰어 엉덩이 위로 끌어올린 다음 벨트처럼 단단하게 몸에 채우는 그녀를 지켜보았다. 그녀는 옷을 입고 있는 총잡이 같았다. 거드럭거리며 걷는 총잡이 같았다. 그런 다음 그녀는 자신의 음핵 위치에 홈이 있는 벨트에 초록색 고무 딜도를 끼워넣었다. 알몸에 그것만 입은 채 그녀는 침대 옆에 섰다. "당신 것도 보여줘요." 그녀가 말했다. 그는 팬티를 벗어 침대 가장자리 너머로 던져버렸고, 그녀는 베이비오일을 미리 발라놓은 초록색 음경을 움켜쥐고 남자처럼 자위하는 흉내를 냈다. 그가 감탄조로 말했다. "그럴듯한데." "내가 이걸로 한번 해주면 좋겠죠." "고맙지만 됐어." 그가 말했다. "안 아프게 할게요." 그녀가 어르듯, 교태를 부리듯 목소리를 낮춰 말했다. "약속해요. 아주 부드럽게 해줄게요." "재밌겠군. 하지만 부드럽게 해줄 것 같진 않은데." "겉모습에 속으면 못써요. 아이, 하게 해줘요." 그녀가 웃으며 말했다. "좋아하게 될걸요. 이건 신천지예요." "당신이 좋아하겠지. 됐어, 난 당신이 내 걸 빨아주면 더 좋겠는데." 그가 말했다. "내 음경을 단 채로." 그녀가 말했다. "좋지." "커다랗고 두꺼운 초록색 음경을 단 채로." "내가 원하는 게 바로 그거야." "난 커다란 초록색 음경을 달고 있고, 당신은 내 젖꼭지를 가지고 노는 거예요." "그거 괜찮은데." "그리고 내가 당신 걸 빨아준 다음에는," 그녀가 말했다. "당신도 내 걸 빨아주는 거예요. 내 커다란 초록색 음경을 입안에 넣는 거예요."

"그건 할 수 있지." 그가 말했다. "그러니까, 할 수 있단 말이죠. 희한하게 선을 긋네요. 여하튼 나 같은 여잘 보고 성적으로 흥분하는 걸 보면 당신도 아직 엄청 꼬여 있는 남자라는 걸 알아야 해요." "내가 꼬인 남자일진 모르지. 하지만 당신은 더는 당신 같은 여자라고 불릴 자격이 없는 것 같은데." "이런, 이제 아닌가요?" "이백 달러짜리 머리를 한 채로는 아니지. 그런 옷들을 입고서도 아니지. 당신 어머니가 당신을 따라 구두를 사게 된 이상 아니지." 그녀의 한 손이 계속 딜도를 천천히 아래위로 움직였다. "당신 정말로 지난 열 달 동안 내 안에서 레즈비언을 몰아냈다고 생각해요?" "요즘도 여자하고 잔다는 건가?" 그가 물었다. 그녀는 그저 딜도만 계속 움직이고 있었다. "그런 거야, 페긴?" 자유로운 나머지 한 손으로 그녀가 손가락 두 개를 들어 보였다. "그게 무슨 뜻이지?" 그가 물었다. "두 번요." "루이즈하고?" "미쳤어요?" "그럼 누구하고?" 그녀가 얼굴을 붉혔다. "차를 몰고 학교로 가는데 야구장에서 여자 소프트볼부가 경기를 하고 있더라고요. 차를 세우고 내려 그쪽으로 가서 벤치 옆에 서 있었죠." 잠시 말을 멈췄던 그녀가 털어놓았다. "경기가 끝난 뒤 금발을 포니테일로 묶은 투수랑 같이 집으로 갔어요." "그럼 두 번째는?" "그 투수의 상대팀 투수요." "그런 식이었다면 꽤 많은 선수들이 언제 자기 차례가 오나 기다렸겠는데." 그가 말했다. "그럴 생각은 없었어요." 여전히 초록색 음경을 애무하며 그녀가 말했다. "아무래도 페긴 마이크," 「서부의 플레이보이」에서 연기한 이후 사용한 적 없었던 아일랜드 억양으로 그는 말했다. "다시 그럴 계획이라면 나한테 말해주는 게 좋겠는데. 당신이 그러지 않으면 좋겠지만." 그녀를 붙잡아두고 독차지하기에는 자신이 무력하다는 걸 알면서도, 자신의 열정이 우스꽝스러워졌다는 걸 알면서도, 아일랜드 사투리 뒤에 애써 감정을 숨기면서 그는 말했다. "말했잖아요, 그럴 생각은 전혀 없었다고." 그러고는 정욕에 사로잡혔기 때문인지, 아니면 그가 입을 다물길 바랐기 때문인지 그녀는 천천히 그의 성기를 끝까지 입에 밀어넣었다. 그의 시선은 최면에라도 걸린 듯 그녀의 음경에 붙들려 있었고, 그러는 동안 둘의 연애가 헛되고 어리석다는 생각, 페긴이 살아온 내력은 쉽게 바뀔 수 없다는 생각, 페긴이 그의 손에 닿지 않는 데 있다는 생각, 새로운 불행을 자초한 것은 자신이라는 생각 들이, 그리고 그의 내면의 무력감이 차츰 누그러지기 시작했다. 대다수 사람은 이런 이상한 결합을 싫어할 것이다. 그러나 그 기이함이 정말 흥미진진했다. 하지만 공포도 있었다. 또다시 완전히 끝나버리는 것에 대한 공포. 제2의 루이즈가 되는 것에 대한 공포, 비난하고 발광하고 복수하는 전 애인이 되는 것에 대한 공포.

페긴의 어머니에 이어 딸을 만나겠다고 토요일에 뉴욕에 온 페긴의 아버지도 전혀 도움이 되지 않았다. 에이서는 캐럴이 그들 관계의 위험성에 대해 딸 애인의 염려스러운 나이에서부터 염려스러운 정신 질환까지 이야기하고 멈춘 데서 다시 이야기를 시작했다. 하지만 액슬러의 대응 전략은 전과 같았다. 무슨 말을 듣든 참는다. 페긴이 항복하지 않는 한 그녀 부모에게 성급하게 맞서지 않는다.

"네 어머니 말이 맞구나. 머리를 정말 멋지게 잘랐네." 페긴은 아버지가 한 말을 그에게 보고했다. "그리고 네 옷도 어머니 말이 맞는 것 같구나." 아버지가 말했다. "그래요? 내가 멋져 보여요?" "아주 멋져 보인다." 아버지가 말했다 "예전보다 나아요?" "판이하지. 정말 판이하구나." "아버지가 원했던 딸의 모습에 좀 더 가까워졌어요?" "확실히 한 번도 본 적 없는 분위기가 나는구나. 이제 사이면 얘기 좀 해다오." "케네디 센터에서 힘든 일을 겪고 난 뒤에," 그녀는 말했다. "그 사람은 결국 정신병원에 입원했어요. 아버지가 말하고 싶은 게 이건가요?" "그래, 그렇단다." 그가 말했다. "누구나 심각한 문제들을 안고 살아요, 아빠." "누구나 심각한 문제들을 안고 살지만 그렇다고 다 정신병원에 입원하진 않아." "아무리 우리가 푹 빠져 있다 해도," 그녀는 말했다. "나이 차는 어쩌겠느냐? 이것도 묻고 싶은 거 아니세요?""그것 말고 다른 걸 물어보마. 그 친구가 유명인이라서 빠져든 거냐, 폐긴? 어떤 유형의 인물들은 자신들 주위에 힘의 장을, 그들을 에워싼 자기장 같은 걸 발휘한다는 걸 너도 알지? 그 친구의 경우에는 그가 유명 배우라는 것 때문에 그런 게 생기는 거다. 너, 그 친구가 유명인이라서 빠져든 거냐?" 폐긴은 웃음을 터뜨렸다. "처음엔 그랬을지도 몰라요. 지금은, 분명히 말씀드리지만 그 사람은 그저 그 사람일 뿐이에요.""두 사람이 서로에게 얼마나 충실한 건지 물어봐도 되겠니?" 그가 물었다. "우린 그런 얘긴 별로 하지 않아요.""그럼 나하고는 그 문제에 대해 꼭 이야기해야 할 것 같구나. 그 친구하고 결혼할 생각이니, 폐긴?""그 사람은 상대가 누구든 결혼에는 관심이 없는 것 같아요.""넌 어떤데?""왜 날 열두 살짜리 취급하세요?" 그녀는 말했다. "남자 문제와 관련해선 네가 마흔이라기보다는 열두 살에 더 가까운 것 같아서다. 보렴, 사이먼 액슬러는 매혹적인 배우이고, 여자들한테는 매혹적인 남자일 게다. 하지만 그 친구 나이가 나이인데다 너도 네 나이가 있지 않니. 그 친구한텐 한때 승승장구하다가 하루아침에 나락으로 떨어져버린 그 친구의 인생이 있고, 너는 너대로 살아온 인생이 있잖니. 난 그 친구의 실패가 상당히 걱정되기 때문에 너처럼 그 문제에 대해 그럴싸한 이야기를 늘어놓진 않을 거다. 너한테 어떤 압력도 주지 않으려 애쓸 작정이라는 말도 하지 않을 거고. 그저 그렇게만 할 작정이다."

그리고 그는 그렇게 했다. 어머니와 달리 그는 딸과 함께 쇼핑을 하는 것으로 그날 하루를 마감하지 않았다. 대신 매일 밤 저녁식사 무렵 페긴의 집으로 전화를 걸었다. 대체로 변함없이 강경한 자세로, 뉴욕에서 점심을 먹으며 시작했던 대화를 계속하기 위해서. 아버지와 딸의 통화는 한 시간 안에 끝나는 경우가거의 없었다.

페긴이 뉴욕에서 아버지를 만나고 돌아온 날 저녁, 침대에서 액슬러는 말했다. "페긴, 이건 알았으면 해. 당신 부모와 관련된 이 모든 일이 나한텐 당황스러워. 두 사람이 우리 인생에서 하려드는 그 역할을 이해할 수 없네. 완전히 과도해 보이고, 암만해도 좀 터무니없어. 한편으론 인생의 어느 단계에서든 사람에게는 수수께끼 같은 면이 있어서, 부모에 대한 애착이 놀라울 정도일 수도 있다는 건 나도 알아. 상황이 이러니 내가 제안을 하나하지. 만약 당신이 내가 미시간까지 날아가 당신 아버지하고 이야기했으면 한다면, 미시간까지 날아가 얌전히 앉아 그 친구가하고 싶어하는 말을 하나도 빠트림없이 듣겠네. 그 친구가 왜 우리 관계를 반대하는지 말하더라도 반박하지 않을 거고. 오히려그 친구 말에 동조하겠네. 그가 우려하는 모든 게 완벽하게 타당하고 나도 동의한다고 말하겠네. 얼핏 보기에 믿기 힘든 합의

일 테고, 확실히 위험도 따르지. 하지만 그 친구의 딸과 내가, 우리가 서로에게 느끼는 이 감정을 느낀다는 사실엔 변함이 없어. 그리고 그 친구하고 캐럴하고 내가 뉴욕에서 젊은 시절부터 친구였다는 사실은 이 문제와 전혀 무관하고. 그게 내 유일한 방어수단이네, 페긴, 당신이 내가 당신 아버지를 만나러 가길 원한다면 말이지. 당신한테 달렸어. 내가 이번주에 가길 원하면 이번주에 가지. 내일 가길 원하면 내일 가고."

"아버지가 날 만난 걸로 충분해요." 페긴이 대답했다. "이 문제를 더 끌 필요는 없어요. 더군다나 당신이 도가 지나치다고 생각한다고 분명히 말한 마당에."

"당신의 그 말이 옳을지 그다지 확신이 안 서는데." 액슬러는 말했다. "격분한 아버지와 대면하는 게 더 나을—"

"아버진 격분하지 않아요. 천성이 불같이 화내는 사람이 아니라서 조만간 소동이 벌어질 것 같지도 않은데 굳이 찾아가 일을 벌일 필요가 뭐 있겠어요."

그는 생각했다. 아하, 조만간 소동이 일어날 거라 이거군. 네가 부모로 여기는 그 고매하시고 고지식한 두 인간이 아직 끝내지 않았다는 거군. 하지만 그는 그녀에게는 이렇게만 말했다. "알겠네. 난 그저 제안이나 하고 싶었던 거야. 어차피 당신이 알아서 할 일이니까."

하지만 정말 그랬을까? 상황이 알아서 적절히 되어가도록 내버려둘 게 아니라 그가 그들 의견에 맞서며 그들을 무력화시켜야 했던 게 아닐까? 사실 그녀가 뉴욕에 갈 때 그도 동행했어야 했다. 고집을 부려서라도 같이 가서 에이서가 입도 뻥끗 못하게 했어야 했다. 페긴이 뭐라고 장담하든 에이서는 피하지 않고 대결해야 하는 격분한 아버지라는 생각을 액슬러는 떨치지 못했다. 그 친구가 유명인이라서 빠져든 거냐? 비중 있는 역이라곤 단한 번도 맡아보지 못했던 친구니 당연히 그런 생각이 들겠지. 그래, 액슬러는 생각했다, 에이서 자식, 내 명성이 제 외동딸을 훔쳐냈다 이거지, 자긴 절대 쌓아올릴 수 없었던 내 명성이.

액슬러가 그 기사를 본 건, 그다음 주 중반 무렵이었다. 그전주 금요일자 카운티 신문을 집어들었는데, 25마일쯤 떨어진 교외의 부자 동네에서 일어난 살인 사건이 1면에 실려 있었다. 잘나가는 사십대 성형외과 의사가 별거중이던 아내가 쏜 총에 맞아 죽었다는 내용이었다. 그 아내의 이름은 시블 밴 뷰런이었다.

그 무렵에 두 사람은 별거를 했던 모양이었다. 그녀는 자기 집에서 남편 집까지 시내를 가로질러 차를 몰고 가서 그가 문을 열자마자 가슴에 두 발을 쐈고, 그는 즉사했다. 그녀는 살인 흉기를 문간에 떨어뜨렸고, 경찰이 출동하기 전까지 주차해놓은 자신의 차로 돌아가 앉아 있었다. 그녀는 조서를 작성하기 위해 경찰서로 연행되었다. 그날 아침 집을 나설 때 그녀는 그날 하루 두 아이를 돌봐줄 베이비시터를 미리 구해놓았었다.

액슬러는 페긴에게 전화해 그 사건에 대해 이야기했다.

"그 여자가 이런 일을 저지를 수 있을 거라고 생각했었어요?" 페긴이 물었다.

"그렇게 여린 사람이? 아니. 전혀. 동기가 있긴 했지. 그 성추행 말이야. 하지만 살인까지? 그 여자는 나한테 남편을 죽여줄 수 없느냐고 물었어. '그 사악한 인간을 죽여줄 사람이 필요해요'라고 했었지."

"정말 충격적인 이야기네요." 페긴이 말했다.

"어린아이 같은 체격에 금방이라도 부서질 것처럼 연약해 보이는 여자였어. 결코 위협적이지 않은 사람이었는데."

"절대 유죄를 선고하진 않을 거예요." 페긴이 말했다.

"그럴 수도 있고, 아닐 수도 있을 것 같군. 일시적인 정신이상 상태였다고 주장해서 처벌을 면할지도 모르겠고. 하지만 그러고 나선 어떻게 될까? 그 딸아인 또 어떻게 되고? 그 어린애가 계부가 저지른 짓 때문에 아직 불행해지지 않았더라도 이제 제 엄마가 저지른 일 때문에 불행해지고 말았네. 아들아인 말할 것도 없고."

"오늘밤 내가 그리로 갈까요? 불안한 것 같은데."

"아니, 아니야." 그는 말했다. "괜찮네. 내가 아는 사람 중에서 무대가 아닌 현실에서 살인을 저지른 사람은 처음이라 그래."

"이따가 갈게요." 페긴이 말했다.

그리고 그녀가 왔고, 둘은 저녁을 먹은 다음 거실에 앉았다. 그는 병원에 있을 때 시블 밴 뷰런이 해준 이야기 가운데 기억나는 건 전부 페긴에게 자세히 옮겼다. 그는 그녀가 제리의 에이전시 주소로 부쳤던 편지를 찾아와서는 페긴에게 읽어보라며 건넸다.

"남편은 결백하다고 주장했지." 액슬러는 설명했다. "아내가 환각을 일으킨 거라고 주장했네."

"정말 그랬나요?"

"난 아니었다고 봐. 그녀가 고통스러워하는 걸 봤거든. 난 그 여자 이야길 믿어."

낮 동안 그는 그 기사를 읽고 또 읽었고, 신문에 실린 시블의 사진도 여러 차례 살펴봤다. 사진관에서 찍은 그 인물사진 속의 그녀는 클리타임네스트라*로 보이는 건 고사하고, 삼십대 기혼녀라기보다는 인생에서 아직 한 번도 험한 꼴을 겪은 적 없는 고등학생 치어리더처럼 보였다.

---

* 그리스신화에 나오는 여인. 아가멤논의 아내였는데 남편을 살해했다.

이튿날 그는 전화번호 안내 서비스에 전화해, 아주 쉽게 밴 뷰런의 전화번호를 알아냈다. 그가 전화를 걸자 어떤 여자가 받았는데, 시블의 여동생이라고 했다. 액슬러는 자신이 누군지 말하고, 시블이 보냈던 편지에 대해 얘기했다. 그리고 전화로 편지를 읽어줬다. 두 사람은 그 편지를 시블의 변호사에게 전해주는 데 의견을 같이했다.

"당신은 언니를 만날 수 있습니까?" 액슬러는 물었다.

"변호사와 함께일 경우에만요. 언니는 애들을 볼 수 없어 눈물을 짓곤 해요. 그 외엔 불안할 정도로 침착해요."

"언니가 그 살인 사건에 대해 이야기합니까?"

"언니는 '해치워야 했던 일'이라고 말해요. 직접 보시면 처음이 아니라 한 오십 명쯤 죽인 사람처럼 생각되실 거예요. 언니 상태가 굉장히 이상해요. 중력을 벗어난 것처럼 보여요. 마치 중력이 언니 한참 뒤쪽에 있는 것 같아요."

"지금 잠깐만 그럴 겁니다." 그는 말했다.

"저도 같은 생각이에요. 엄청난 공황 상태가 찾아오겠죠. 그 평온한 가면 뒤에서 별로 오래 못 버틸 거예요. 언니가 있는 독방엔 자살 감시가 붙었을 거예요. 다음엔 또 무슨 일이 일어날지 정말 겁나요."

"당연합니다. 언니가 한 일은 내가 알던 그 여자하곤 전혀 안 어울리는 일입니다. 왜 이제 와서 그런 일을 했을까요?"

"존이 따로 이사를 나가서도 계속 모든 것을 부인하면서 언니한테 망상에 빠졌다고 했거든요. 그래서 언니가 완전히 광분했었어요. 존을 만나러 가려 했던 그날 아침, 언닌 저한테 무슨 수를 써서라도 그 인간한테서 자백을 받아낼 거라고 했어요. 전 '그 사람 만나지 마. 그래봐야 언니만 더 미쳐버릴 거야'라고 말했어요. 그리고 제가 옳았어요. 전 언니가 지방검사한테 고발하길 원했어요. 그 인간을 철창에 집어넣어야 한다고도 말했어요. 하지만 언닌 거절했어요. 그 사람은 사회적 지위가 있으니까 그 사건이 결국 신문이나 텔레비전에 나올 거고, 그러면 앨리슨이 악몽 같은 법정에 끌려나가 훨씬 더 큰 공포에 노출될 거라면서요. 언니가 이렇게 말했기 때문에 '무슨 수를 써서라도' 자백을 받아내는 게 그 사람의 사냥총을 사용한다는 뜻일 거라곤 꿈에도 생각 못했어요. 아시다시피, 사냥총을 사용하면 신문에 실리는 건 마찬가지니까요. 하지만 토요일 아침에 존의 집에 도착했을 때 언닌 그가 안으로 들어오라는 말을 꺼낼 때까지도 참지 않았어요. 그의 말을 한마디라도 들어보려 하지 않았죠. 두 사람이 말다툼을 하다 싸움이 커져서 그를 쏜 게 아니었어요. 그의 얼굴을 본 것만으로 족했죠. 바로 그곳, 문 앞에서 언닌 방아쇠를 두 번 당겼고 그는 죽었어요. 언니가 저한테 그랬어요. '그 인간은 폭력을 원했어. 그래서 내가 폭력을 선사한 거야.'"

"어린 딸은 뭔가 알고 있습니까?"

"아직 아무 얘기 안 했어요. 말하기 쉽지 않을 거예요. 이 일과 관련된 건 어떤 것도 쉽지 않아요. 고인이 되신 그 밴 뷰런 박사께서 확실하게 그렇게 만들어놓았죠. 앨리슨이 겪게 될 고통을 저는 상상도 할 수 없어요."

그후 며칠 동안 액슬러는 앨리슨이 겪게 될 고통이라는 말을 계속 되뇌었다. 바로 그 생각 때문에 시블이 남편을 살해하고 만 것인지도 몰랐다. 그로 인해 앨리슨의 고통은 영원히 확장되었다.

어느 날 밤 침대에서 페긴이 액슬러에게 말했다. "당신을 위해 여자를 한 명 찾아냈어요. 프레스콧 대학 수영부 여자애예요. 매일 오후에 그애랑 같이 수영해요. 이름은 라라예요. 라라를 여기 데려오는 건 어때요?"

그녀는 그의 위에서 천천히 오르내리고 있었다. 방 안의 불은 모두 꺼놓았지만, 뒷마당의 키 큰 나무들의 가지 사이로 보름달 빛이 희미하게 비쳐들었다.

"라라 얘길 해주게." 그는 말했다.

"오, 그애가 마음에 드나보네요."

"분명 당신은 벌써 그애가 마음에 들었고."

"난 수영장에서 그애를 지켜봐요. 탈의실에서도 지켜보고. 부 잣집 애예요. 특권층 아이죠. 어려움이라곤 눈곱만큼도 모르고 컸을걸요. 완벽한 아이예요. 금발에 수정처럼 푸른 눈을 가졌죠. 다리도 길어요. 탄탄한 다리죠. 가슴도 완벽하고요."

"얼마나 완벽하지?"

"라라 얘길 들으면 당신, 엄청 단단해질 거예요." 페긴이 말했다.

"가슴 얘길 해봐." 그는 말했다.

"열아홉 살이거든요. 그애 가슴은 탄탄하고 조금도 처지지 않 았어요. 성기 쪽은 양쪽으로 가장자리만 금발을 남겨놓고 면도 되어 있어요."

"누가 그애와 섹스하는데? 남자애? 여자애?"

"아직은 몰라요. 하지만 누군가는 그 아래서 재미 좀 보겠죠."

그후로 라라는 두 사람이 원할 때면 언제든 그들과 함께 있었다.

"당신은 지금 그애랑 하는 거예요." 페긴은 말하곤 했다. "라 라의 완벽하고 작은 성기하고요."

"당신도 그애랑 하나?"

"아뇨. 당신만요. 눈을 감아요. 그애가 오르가슴에 이르게 해 주길 원하죠? 라라가 사정하게 해주길 원하죠? 좋아, 요 맹랑한 금발 계집년아, 이 남잘 보내버려!" 페긴은 고함을 질러댔고, 이 제 더이상 그는 그녀에게 말 타는 법을 알려줄 필요가 없었다.

"라라의 온몸에 뿌려요. 지금! 지금! 그래, 바로 그거예요. 그애 얼굴에 쏴요!"

어느 날 밤 두 사람은 저녁을 먹으러 그 지역의 작은 호텔에 갔다. 도로 건너편으로 석양을 받아 화려하게 물든 커다란 호수가 내다보이는 소박한 식당이 있는 곳이었다. 페긴은 가장 최근에 산 옷을 입고 있었는데, 두 사람이 지난주에 충동적으로 뉴욕에 갔다 사온 것이었다. 짧고 몸에 착 붙는 검은색 저지 스커트, 어깨 부분에 장식이 있는 붉은색 캐시미어 카디건과 그 안에 받쳐 입은 붉은색 캐시미어 민소매 블라우스, 얇은 검정 스타킹, 가장자리에 가는 가죽띠가 둘러진 부드러운 가죽 숄더백, 그리고 발가락 골이 살짝 보이는 코가 뾰족한 검정 슬링백*. 그녀는 부드럽고 육감적이고 매혹적으로 보였고, 상의는 붉은색에 허리 아래쪽은 모두 검은색이었는데, 평생 그런 스타일로 옷을 입어온 것처럼 자연스럽고 편안하게 행동했다. 그녀는 여점원이 권한 대로 숄더백을 탄띠처럼 사선으로 메어 가방이 그녀의 엉덩이 위에 걸쳐지게 하고 있었다.

액슬러는 척추가 굳거나 다리 감각이 없어지는 것을 예방하기 위해 식사하는 동안 두세 번 정도 자리에서 일어나 걸어다니

---

* 뒤꿈치 부분에 끈만 있는 여성 구두.

는 습관이 있었다. 그래서 주요리 다음에 디저트가 나오기 전에 그는 일어서서 그날 두번째로 어슬렁거리며 식당을 나와 호텔의 공동 응접실을 가로질러 바로 들어갔다. 거기서 그는 혼자 술을 마시는 매력적인 젊은 여성을 보았다. 이십대가 틀림없었고, 바텐더와 말하는 품으로 보아 약간 취했다는 걸 알 수 있었다. 여자가 액슬러 쪽을 바라보았고, 그는 미소를 지어 보였다. 더 머물 시간을 벌어볼 심산으로 그는 바텐더에게 야구 경기가 어떻게 되고 있는지 아느냐고 물었다. 그러고는 여자에게 이 지역 사람인지 아니면 호텔 투숙객인지 물었다. 여자는 도로를 따라 내려가면 있는 골동품 가게에 최근에 취직했는데, 일이 끝나고 한 잔하러 들렀다고 했다. 액슬러는 여자에게 골동품에 대해 아는 게 있는지 물었고, 여자는 자기 부모가 여기서 멀리 떨어진 뉴욕주 북부에서 골동품 가게를 운영한다고 말했다. 그리고 그리니치빌리지에 있는 상점에서도 삼 년을 일했는데, 그 도시를 벗어나 워싱턴 카운티에서 자신의 운을 시험해보기로 작정했다고 했다. 그가 이곳에 온 지 얼마나 되었느냐고 묻자, 여자는 겨우 한 달 되었다고 대답했다. 뭘 마시고 있느냐고 묻자 여자가 알려주었고 그는 "다음 잔은 내가 사겠소"라고 말하며 바텐더에게 술값을 자기 앞으로 달아두라는 몸짓을 했다.

디저트가 나오자 그는 페긴에게 말했다. "바에 좀 취한 여자애가 있던데."

"어떻게 생겼어요?"

"자기 몸 하나는 건사할 수 있게."

"원해요?"

"당신이 원한다면." 그는 말했다.

"몇 살인데요?" 그녀가 말했다.

"스물여덟쯤. 당신이 맡아. 당신하고 그 초록색 음경하고."

"당신이 맡아요." 그녀가 그에게 말했다. "당신이랑 진짜 음경이랑."

"우리 둘이 함께 맡으면 되겠군." 그는 말했다.

"그 여잘 보고 싶어요." 그녀가 말했다.

그가 계산을 마친 뒤 둘은 식당을 나와 바 입구로 가서 섰다. 그는 페긴 뒤에 서서 두 팔로 그녀를 감싸안았다. 페긴이 바에서 술을 마시는 그 여자애를 지켜보며 흥분으로 몸을 떠는 게 느껴졌다. 그녀의 떨림이 그를 전율케 했다. 마치 광적으로 유혹당하는 하나의 존재로 두 사람이 합쳐진 것 같았다.

"마음에 들어?" 그가 속삭였다.

"조금만 기회가 주어지면 상당히 음란해질 수 있어 보여요. 죄악의 길로 들어설 준비가 된 것 같네요."

"집으로 데려가고 싶나보군."

"라라는 아니지만 저 여자도 괜찮아요."

"차 안에 토하면 어쩐다?"

"곧 토할 것 같아요?"

"꽤 오래 마셨잖아. 집에 데려갔는데 정신을 잃기라도 하면 어떻게 처리하지?"

"죽여버리죠, 뭐." 페긴이 말했다.

여전히 페긴을 뒤에서 바짝 끌어안은 채 그는 바 건너편을 향해 소리쳤다. "태워다줄까요, 아가씨?"

"트레이시예요."

"태워줘요, 트레이시?"

"제 차가 있어요." 트레이시가 말했다.

"그 상태로 어떻게 운전을 해요? 집까지 데려다줄게요." 페긴은 여전히 그의 품안에서 떨고 있었다. 먹이를 덮치기 직전의 고양이 같군. 그는 생각했다. 매사냥꾼의 손목에서 날아오르기 직전의 매이거나. 내가 통제할 수 있는 동물이야, 풀어주기 전까지는. 그녀에게 옷을 사줬던 것처럼 그녀에게 트레이시를 공급하고 있는 거야. 누구나 라라와 함께 있으면 대담해진다. 거기 라라가 없고, 따라서 그에 따르는 결과도 없기 때문이다. 그는 이번에는 다르리라는 것을 알았다. 자신이 페긴에게 모든 권한을 넘겨주었다는 걸 깨달았다.

"남편한테 데리러 와달라고 하면 돼요." 트레이시가 말했다.

그는 일찌감치 여자가 결혼반지를 끼지 않은 걸 봐두었다. "아니, 우리가 태워다줄게요. 어디로 가면 되죠?"

트레이시는 서쪽으로 12마일 떨어진 동네 이름을 말했다.

바텐더는 액슬러의 집이 반대 방향이라는 걸 알면서도 귀머거리에 벙어리라도 된 듯 자기 일만 열심히 했다. 액슬러가 출연한 영화 때문에 인구 구백 명의 시골 마을 주민 거의 모두가 그가 누구인지 알았다. 비록 액슬러의 명성이 그가 평생토록 연극 무대에서 이룬 업적에 기반한다는 걸 아는 사람은 거의 없었지만. 술에 취한 젊은 여자는 계산을 하고 의자에서 기다시피 내려와 바를 나가려고 재킷을 움켜쥐었다. 여자는 액슬러가 상상했던 것보다 키가 컸고, 몸집도 컸다. 길을 잃었을지는 몰라도 영양실조는 아니군. 큰 체형에 금발이고 가슴이 풍만한 전형적인 북유럽 미인이었다. 전반적으로 위엄 있는 루이즈의 열등하고 평범한 버전이었다.

액슬러는 트레이시를 페긴과 함께 뒷좌석에 태우고 텅 빈 캄캄한 시골길을 따라 집으로 차를 몰았다. 꼭 트레이시를 유괴하는 것 같았다. 페긴이 신속하게 행동에 들어간 것에 그는 놀라지 않았다. 페긴은 머리를 자를 때 그랬던 것처럼 거리낌이나 두려움 같은 것에 구속받지 않았고, 그는 뒷좌석에서 들려오는 소리만 듣고도 벌써 마음을 빼앗겼다. 집에 도착해 침실에 들어가자 페긴은 비닐주머니에 든 기구들을 침대에 쏟아놓았다. 그중에는 아주 부드럽고 가느다란 검정 가죽끈 다발이 달린 채찍 같은 기구도 있었다.

액슬러는 트레이시가 무슨 생각을 하고 있을지 궁금했다. 그녀는 생면부지인 두 사람의 차에 올라탔고, 그들은 차를 몰아 외딴 시골의 비포장 도로변에 있는 집으로 그녀를 데려갔고, 그녀는 차에서 내려 아찔한 곡예 속으로 들어섰다. 취했을지 모르지만 그녀는 또한 젊기도 했다. 어떻게 위험에 빠질 수도 있다는 자각이 없을 수 있을까? 아니면 페긴과 내가 신뢰감을 줬나? 아니면 트레이시는 이런 위험을 찾아다니고 있었나? 아니면 너무 취해서 신경쓸 겨를이 없었나? 그는 트레이시가 전에도 이런 적이 있었는지 궁금했다. 왜 그녀가 지금 이러고 있는 건지 다시 궁금해졌다. 이 트레이시라는 여자가 그들이 침대에서 라라를 상대로 흥분하며 상상했던 것 같은 온갖 짓을 하도록 그들에게 굴러들어온 이 상황이 도무지 이해되지 않았다. 하긴, 뭐는 이해되는가? 그가 무대로 나가 연기할 수 없었던 일이? 정신병원에 입원했던 일이? 처음 봤을 때 엄마 품에서 젖을 빨던 갓난애였던 레즈비언과 연애하는 게?

한 남자가 두 여자와 할 때 여자 가운데 한 명은 옳건 그르건 소외감을 느끼며, 결국 방구석에서 우는 신세가 되기 마련이다. 지금까지 과정을 보면, 구석에서 우는 신세로 전락할 사람은 액슬러일 것 같았다. 하지만 침대 가장자리에서 지켜보는 동안 그는 괴롭게 무시당한다고 느끼지 않았다. 그는 페긴이 곡예단장으로 나서도록 내버려두었고, 호출받을 때까지 끼어들지 않기로 했다. 방해하지 않고 지켜볼 참이었다. 먼저 페긴은 그 기구를 입고 가죽 벨트를 조정해 단단히 고정하고는 딜도가 똑바로 앞을 향하도록 끼웠다. 그런 다음 트레이시 위로 몸을 숙이고 트레이시의 입술과 젖꼭지를 입맞춤하듯 쓸어내리고, 손으로 그녀의 가슴을 주무른 다음 아래쪽으로 미끄러져내려가 딜도를 부드럽게 트레이시에게 삽입했다. 페긴은 트레이시가 몸을 열도록 힘쓸 필요가 없었다. 말 한마디 할 필요 없었다. 그는 둘 중 누구든 말하기 시작하면, 아마 그가 알아들을 수 없는 언어일 거라고 상상했다. 초록색 음경이 그 아래 널브러진 풍만한 나신 속으로 처음에는 느리게, 이윽고 보다 빠르고 세게, 그다음에는 한층 더 세게 찌르고 들어갔다 나왔다 했고, 트레이시 몸의 모든 굴곡이 그 움직임과 일체가 되어 움직였다. 이건 소프트포르노가 아니었다. 벌거벗은 두 여자가 침대 위에서 애무하고 키스하는 수준이 아니었다. 지금 이 여자 대 여자의 폭력이라는 행위에는 원시

적인 뭔가가 있었고, 어둠이 짙은 방 안에서 페긴은 무녀와 곡예
사와 짐승이 마술처럼 합성된 존재처럼 보였다. 그녀는 자신의
생식기 위에 가면을, 기괴한 토템 가면을 쓴 것 같았고, 그 때문
에 그녀가 아닌, 그녀여선 안 되는 존재로 바뀐 듯했다. 그녀는
페긴 마이크인 동시에 까마귀나 코요테일 수 있었다. 그 모습에
는 뭔가 위험한 면이 있었다. 그의 심장이 흥분으로 쿵쾅거렸다.
저만치 떨어진 곳에서 음탕한 눈길로 몰래 엿보는 판*이 된 기분
이었다.

이제 페긴은 트레이시 옆에 등을 대고 누워 쉬며 조그만 검
정 가죽 채찍으로 트레이시의 긴 머리칼을 빗질하듯 쓸고 있었
다. 그런 그녀가 앞니 두 개를 보이며 예의 그 어린애 같은 미소
를 지으면서 액슬러를 건너다보며 말했을 때 그녀의 입에서 나
온 언어는 영어였다. 그녀는 부드럽게 말했다. "당신 차례예요.
이애를 더럽혀줘요." 그러곤 트레이시의 한쪽 어깨를 잡고 "조
련사가 바뀔 시간이야"라고 속삭이고는 낯선 여인의 커다랗고
따스한 몸을 액슬러 쪽으로 부드럽게 굴렸다. "철부지 셋이 만나
서," 액슬러는 말했다. "무대에 연극을 올리기로 했군." 그렇게
해서 그의 공연이 시작되었다.

---

*그리스신화에서 호색한으로 묘사되는 반인반수의 목신(牧神).

자정 무렵 그들은 트레이시를 그녀의 차가 세워져 있는 호텔 옆 주차장으로 다시 데려다줬다.

　"두 분은 이런 거 자주 하세요?" 트레이시가 뒷좌석에서 페긴의 품에 안긴 채 물었다.

　"아니." 페긴이 말했다. "넌?"

　"한 번도 안 해봤어요."

　"그래서 어땠어?" 페긴이 물었다.

　"머리가 안 돌아가요. 머릿속에 생각해야 할 온갖 것이 꽉 차 있어요. 회로가 끊겨버린 기분이에요. 약을 한 것 같은 기분이기도 하고."

　"이런 짓을 할 객기는 어떻게 낸 거야?" 페긴이 트레이시에게 물었다. "술 기운에서?"

　"당신이 입은 옷 때문에요. 당신 외모가 주는 인상 때문에요. 두려워할 필요 없겠구나 하는 생각이 들었어요. 있잖아요, 남자분, 그 배우 맞죠?" 트레이시는 액슬러가 그 차 안에 없기라도 한 것처럼 페긴에게 물었다.

　"맞아." 페긴이 대답했다.

　"바텐더가 말해줬어요. 당신도 배우예요?" 그녀가 페긴에게 물었다.

"이따금은." 페긴이 말했다.

"미친 짓이었어요." 트레이시가 말했다.

"맞아." 페긴이 대답했다. 단순히 서투른 애호가가 아니었던, 상황을 극한까지 몰고 갔던 채찍을 휘두르는 딜도 전문가 페긴이.

작별 인사를 나눌 때 트레이시는 페긴에게 열정적으로 키스했다. 페긴도 열정적으로 화답하며 그녀의 머리를 쓰다듬고 그녀의 가슴을 꽉 움켜쥐었다. 그들이 만났던 호텔 옆 주차장에서 두 사람은 잠시 한 덩어리가 되었다. 그런 다음 트레이시가 자기 차에 올랐고, 액슬러는 그녀가 차를 몰고 떠나기 전에 페긴이 그녀에게 하는 말을 들었다. "조만간 보자."

둘은 차를 몰고 집으로 돌아왔다. 페긴의 한 손은 액슬러의 바지 속에 들어와 있었다. "그 냄새가," 페긴이 말했다, "우리한테 배었어요." 액슬러는 생각했다. 내가 잘못 계산했군. 내 생각이 모자랐어. 그는 더이상 판 신이 아니었다. 당치도 않았다.

페긴이 샤워하는 동안 액슬러는 아무 일도 없었던 것처럼, 집에서 여느 날과 다름없는 밤을 보낸 것처럼 1층 주방에서 차를 한 잔 마셨다. 차, 찻잔, 잔받침, 설탕, 크림, 모든 게 냉정하고 객관적이기 위한 것들이었다.

"아기를 갖고 싶어요." 그는 페긴이 그런 말을 하는 상상을 했다. 샤워를 마치고 주방에 들어온 그녀가 "아기를 갖고 싶어요"라고 말하는 상상을 했다. 그는 일어날 가능성이 가장 적은 일을 상상하려 했고, 그래서 그런 상상을 한 것이었다. 그는 자신의 무모함을 가정적인 그릇 안에 억지로 밀어넣으려 하고 있었다.

"누구 아이를?" 그는 그녀에게 묻는 상상을 했다.

"당신 아이요. 당신은 내 인생에서 최고의 선택이니까."

"당신 가족이 당신한테 제대로 경고한 대로 난 조금 있으면 일흔이야. 아이가 열 살이 되면 일흔다섯이나 일흔여섯쯤 되겠지. 그때쯤이면 내가 최고의 선택이 아닐 수도 있네. 척추가 이 모양이니, 죽지 않았다면 휠체어 신세일 거야."

"우리 부모님은 신경쓰지 마요." 그는 그녀가 그렇게 말하는 걸 상상했다. "난 당신이 내 아이의 아버지가 되어줬으면 해요."

"에이서나 캐럴한텐 비밀로 할 셈인가?"

"아뇨. 다 지난 일이에요. 당신이 옳았어요. 루이즈가 전화한 게 결과적으론 나에게 호의를 베풀어준 게 됐어요. 더이상 비밀로 할 필요 없어요. 부모님도 내 상황을 있는 그대로 받아들여야 할 거예요."

"그런데 엄마가 되겠다는 욕망은 어디서 생겨난 거지?"

"당신을 위해 내가 변하면서요."

그는 자신이 이렇게 말하는 상상을 했다. "오늘 저녁 같은 이런 상황이 올 거라곤 아무도 예상 못했을걸?"

"천만에요." 그는 페긴이 대답하는 상상을 했다. "그건 다음 단계예요. 우리가 계속 함께할 거라면, 난 세 가지를 원해요. 당신이 척추 수술을 받는 것. 다시 배우로 돌아가는 것. 우리 아이를 갖는 것."

"많은 걸 원하는군."

"많은 걸 원하라고 가르쳐준 게 누구죠?" 그는 그렇게 말하는 그녀를 상상했다. "이건 진정한 삶을 위한 제안이에요. 이 이상 뭘 더 제안할 수 있겠어요?"

"척추 수술은 대단히 까다로워. 날 진찰했던 의사들이 내 상태엔 수술이 도움이 안 된다고 했네."

"계속 그렇게 고통 속에서 살 순 없잖아요. 평생 다리를 절며 다닐 순 없어요."

"그리고 일 문제는 훨씬 더 까다롭네."

"그렇지 않아요." 그는 그렇게 말하는 그녀를 상상했다. "그건 불안한 상황을 끝장낼 계획을 받아들이느냐 아니냐의 문제일 뿐이에요. 과감한 장기 계획 말이에요."

"그게 그 문제에 필요한 전부이긴 하지." 그는 그렇게 대답하는 자신을 상상했다.

"그래요. 스스로 대담해져야 할 때예요."

"오히려 조심해야 할 때라는 말처럼 들리는걸."

그녀와 함께하면서 다시 젊어지기 시작했기 때문에, 그에게 물 한 잔을 가져다주는 것—묘기 중의 묘기인 성전환 연기를 해내기 위해선 거기서부터 출발하면 되었다—부터 시작한 그녀가 그와 함께하면서 진정한 만족감을 느꼈을 거라고 믿기 위해 그가 할 수 있는 모든 일을 했기 때문에, 그는 자신이 생각할 수 있는 가장 희망적인 생각을 해본 것이었다. 그 주방에서 인생 교정에 대해 공상하면서 그는 정형외과 의사와 면담한 후 MRI 검사를 받고, 다음으로 수술 전 척수조영술을 받고, 수술을 받는 자신을 떠올렸다. 그사이에 제리 오펜하임에게 연락해 누구든 배역을 주겠다는 사람이 있으면 다시 일할 수 있다고 이야기하면 된다. 위층에서 페긴이 샤워를 끝낼 때까지 계속 주방 식탁에 앉아 이런 생각들을 구체화하며 혼자 흥분한 그는 거스리 극장에서 제임스 타이론 역을 맡아 무대에 오르는 바로 그 달에 페긴이 건강한 아기를 출산하는 상상을 했다. 「밤으로의 긴 여로」에 책갈피 삼아 꽂아둔 빈센트 대니얼스의 명함을 찾을 수 있을 것이다. 그리고 그 대본을 들고 빈센트 대니얼스를 찾아가서 그가 스스로를 불신하지 않을 방법을 찾아낼 때까지 매일 함께 작업할수 있을 것이다. 그렇게 해서 개막일 밤 거스리 극장 무대에 올랐을 때 그는 사라졌던 마력을 되찾고 그의 입에서 대단히 자연스럽게 전혀 힘들이지 않고 대사가 흘러나오는 동안, 일찍이 자신이 했던 그 어떤 연기 못지않게 훌륭한 연기를 펼치고 있다는 것을, 그토록 오랫동안 무능력했던 것이, 비록 괴로웠을진 몰라도, 일어날 수 있는 최악의 상황은 아니었다는 것을 알게 될 것이다. 이제 관객은 매 순간 그를 다시 믿었다. 전에는 연기에서 가장 두려운 그 부분—대사, 뭔가 말하는 것, 의식하지 않고 자유롭고 편안하게 뭔가 말하는 것—과 대면하면 어떤 해결책으로도 보호받을 수 없이, 발가벗겨진 것처럼 느껴졌다. 이제 모든 것이 다시 한번 본능에서 나왔고, 해결책 같은 건 필요 없어졌다. 불운의 연속이던 시간은 끝났다. 그 스스로 자신에게 가하던 고통은 끝났다. 그는 자신감을 회복했고, 비통함을 밀어냈고, 지긋지긋한 두려움을 몰아냈다. 그에게서 달아났던 모든 것이 다시 원래 자리로 돌아왔다. 인생 재건이 어디선가 시작되어야 했는데, 그의 경우에는 놀랍게도 그 일을 위해 고용된 여자인 듯한 페긴 스테이플퍼드에게 그가 빠져든 순간 시작되었다.

이제는 주방에서 떠올린 그 시나리오가 더는 처음처럼 허황된 이야기로 생각되지 않았고, 자신이 새로운 가능성과 충만한 인생을 다시 일구는 것에 대해 상상하고 있는 것처럼 여겨졌고, 또한 그걸 위해 싸우고 실행하고 즐기는 것이 그의 목표인 것처럼 여겨졌다. 액슬러는 스물두 살에 오디션을 보기 위해 뉴욕에 발을 들였을 때 지니고 있었던 그 결단력을 느꼈다.

 다음날 아침 페긴이 버몬트로 차를 몰고 떠나자마자, 그는 뉴욕에 있는 병원에 전화를 걸어 예순다섯 살에 아버지가 되는 것에 유전적인 위험이 따르는지 상담해줄 의사를 소개해달라고 했다. 그는 한 전문의를 소개받았고, 그다음 주로 진료 예약을 잡았다. 그는 이 일에 대해 페긴에게 일언반구도 하지 않았다.

 병원은 시 외곽에 있었다. 차고에 차를 주차한 그는 점점 더 흥분하며 그 의사의 진료실로 향했다. 통상적인 진단용 질문지를 받아 작성을 마치자 닥터 완의 조수라는 서른다섯 살쯤 되어 보이는 필리핀계 남자가 그를 안내했다. 대기실과 떨어진 곳에 창문이 있는 방이 있었는데, 조수가 둘이서만 이야기할 수 있도록 그를 그곳으로 데려갔다. 그곳은 아이들을 위한 방처럼 보였다. 낮은 탁자들과 작은 의자들이 여기저기 흩어져 있고, 아이들이 그린 그림들이 한쪽 벽에 핀으로 꽂혀 있었다. 두 사람은 그중 한 탁자에 자리를 잡고 앉았고, 조수가 액슬러에게 그와 그의 가족이 앓았거나 사망 원인이 된 병에 대해 묻기 시작했다. 조수는 가계도가 인쇄된 종이에 답변 내용을 적었다. 액슬러는 자기가 아는 한에서 가장 먼 과거까지 거슬러올라가 최대한 광범위하게 가족에 대한 정보를 말해줬다. 그런 다음 조수는 새로운 종이를 꺼냈고, 아기 엄마가 될 사람의 가족에 대해 물었다. 액슬러는 페긴의 부모가 둘 다 살아 있다는 말밖에 해줄 수 없었다. 두 사람의 병력이나 페긴의 숙모와 숙부, 조부모, 증조부모의 병력에 대해서는 아는 게 전혀 없었으니까. 조수는 액슬러의 가족이 어느 나라 출신인지 물었던 것처럼 여자 쪽 가족의 출신도 물은 다음 그 정보를 기록했다. 그러곤 모든 자료를 완 박사에게 전해주겠으며, 자신과 의사가 협의한 다음에 의사와 면담하게 될 거라고 말했다.

방에 혼자 남은 액슬러는 예전의 힘과 자연스러움을 되찾은 것에, 굴욕에 종지부를 찍은 것에, 세상으로부터 잠적하는 것도 이제 끝이라는 생각에 희열을 느꼈다. 더는 공상이 아니었다. 사이먼 액슬러의 소생이 실제로 진행되고 있었다. 그것도 하고많은 장소 가운데 아이들을 위한 가구로 가득한 이 방에서. 가구의 크기가 시블 밴 뷰런과 함께 크레용과 종이를 받아서 치료사의 지시에 따라 그림을 그리던 해머턴의 미술치료 시간을 생각나게 했다. 그는 유치원생일 때 그랬던 것처럼 자신이 그때 얼마나 고분고분하게 크레용으로 색칠을 시작했는지 떠올렸다. 해머턴에 입원하는 것으로 귀결된 굴욕적인 결말이 기억났고, 자신감이 어떻게 흔적조차 없이 사라져버렸었는지 기억났다. 점점 번져가는 패배감과 두려움으로부터 스스로를 구하기 위해 찾아낸 방법이 저녁식사 후 휴게실에서 들은 대화, 자신이 어떤 방법으로 자살하려 했는지에 대해 여전히 심취해 있던 입원 환자들의 이야기가 전부였던 게 기억났다. 하지만 지금 이 작은 탁자들과 의자들 한가운데에 어색하게 앉아 있는 덩치 큰 남자인 그는 자신이 과거에 이룬 것들을 자각하고 다시 인생을 시작할 수 있다고 확신하는 그 배우와 하나였다.

완 박사는 몸집이 작고 날씬한 젊은 여성이었다. 그녀는 페긴쪽 가족력도 물론 필요하지만, 어쨌든 아버지가 나이가 많아 자식이 선천성기형으로 태어나지 않을까 그가 염려하는 부분은 검토할 수 있다고 말했다. 그녀는 비록 이십대가 아버지가 되기에 가장 이상적인 나이이고, 사십대 이후에는 유전적 취약점이나 자폐증 같은 발달장애를 자식에게 넘겨줄 위험이 눈에 띄게 증가하긴 하지만, 또 나이든 남자가 젊은 남자보다 DNA가 손상된 정자를 더 많이 갖고 있긴 하지만, 선천성기형이 아닌 자식을 볼 확률이 액슬러 정도의 나이와 건강 상태를 지닌 남자가 반드시 염려해야 할 문제는 아니라고 말했다. 전부는 아니지만 일부 선천성기형은 임신중에 발견할 수 있기 때문에 특히 더 그렇다고 했다. "정자를 생산하는 고환의 세포는 십육 일마다 분열합니다." 작은 탁자를 사이에 두고 앉은 완 박사가 설명했다. "이 말은 쉰

살 무렵이면 세포들이 대략 팔백 번 정도 쪼개졌다는 의미입니다. 그리고 각 세포의 분열과 함께 정자의 DNA에 오류가 생길 가능성도 증가합니다." 일단 페긴이 완 박사에게 가족력의 나머지 절반을 알려주면 박사는 두 사람의 상황을 보다 충분히 평가할 수 있을 것이고, 두 사람이 계속 진행하길 원한다면 함께 문제를 풀어나갈 수 있을 것이다. 박사는 선천성기형의 특징과 위험성에 대한 상세한 설명이 담긴 소책자와 함께 자기 명함을 그에게 건넸다. 그리고 그의 나이쯤 되면 생식능력이 감소할 수 있으니까 그가 원한다면 정자 분석을 받아볼 수 있는 연구소를 소개해주겠다고 했다. 그 방법으로 임신하는 데 어려움이 있는지 알아낼 수 있다고 했다. 박사는 말했다. "정자의 수, 운동성, 형태 같은 것에 문제가 있을 수도 있어요." "알겠습니다." 그는 억누를 수 없는 감사의 마음을 표현하기 위해 손을 내밀어 그녀의 손을 잡았다. 의사는 자기가 그보다 연장자인 것처럼 그에게 미소를 지어 보이며 말했다. "의문 나는 게 있으면 전화하세요."

집에 돌아온 그는 페긴에게 전화해 자신을 사로잡은 멋진 생각과 그것을 실행하기 위해 한 일을 말해주고 싶은 엄청난 충동을 느꼈다. 하지만 그런 대화를 나누려면 둘이 함께 몇 시간이고 이야기할 수 있는 주말까지 기다려야 할 것이다. 그날 밤 그는 혼자 침대에 누워 완 박사가 준 소책자를 읽었다. "건강한 아기를 낳기 위해서는 건강한 정자가 필요한데…… 신생아 가운데 2~3퍼센트 정도가 심각한 선천성기형을 안고 태어나며…… 스무 가지 이상의 희귀하지만 치명적인 유전적 장애가 나이든 아버지와 관련 있었으며…… 아기를 임신할 때 남자의 나이가 많을수록 배우자가 유산할 가능성이 높아지고…… 나이 많은 아버지를 둔 아이는 자폐증, 정신분열증, 다운증후군 같은 질환에 걸릴 가능성이 더 높으며……" 그는 소책자를 한 번 통독한 다음 다시 읽었다. 그런 정보를 알고 나자 냉정해지고, 지금 자신이 지닌 그런 위험들을 유념하게 되긴 했지만, 그는 조금 전 읽은 내용 때문에 계획을 단념하지는 않을 작정이었다. 그러기는커녕 뭔가 멋진 일이 일어나고 있다는 생각에 너무 흥분해 잠이 다 달아났다. 아래층 거실로 내려가 음악을 듣자 정신이 더 또렷해졌고, 지난 몇 년 동안 모르고 지냈던, 세상에 겁날 게 없다는 기분과 아울러 일반적으로 남자보다 여자가 더 느끼기 마련인 아이를 갖고 싶다는 생물학적 열망을 경험했다. 이제 그들의 결합에서 그 어떤 것도 있을 법하지 않은 일로 보이지 않았다. 폐긴은 그와 함께 완 박사를 만나러 가야 했다. 일단 모두가 전체 사정을 알게 되면, 그들 둘은 이다음에 어떤 상황이 펼쳐질지 냉정하게 가늠할 수 있을 것이다.

그는 금요일 저녁에 식사를 마친 뒤 이야기를 꺼낼 작정이었다. 하지만 금요일 오후 늦게 주말을 보내러 온 페긴은 채점해야 할 학생들의 시험지를 잔뜩 챙겨서 서재로 들어가버렸고, 저녁 식사 준비도 그가 해야 했다. 식사가 끝난 뒤에도 그녀는 채점할 시험지가 더 남았다며 다시 서재로 가버렸다. 그는 생각했다. 지금은 페긴이 일을 다 마칠 때까지 놔두자. 주말 내내 실컷 이야기하면 되지 뭐.

불을 끄고 침대에 들어─트레이시와 함께했던 밤 이후로 두 주가 지났다─그가 페긴에게 키스와 애무를 시작하자 그녀는 몸을 빼며 말했다. "오늘밤은 별로 내키지 않아요." "알았어." 그녀를 자극할 수 없게 된 그는 자기 자리로 돌아누웠지만 그녀의 손만은 놓지 않았다. 여전히 모든 걸 만지고 싶어하는 자기 손에 그녀의 손을 꼭 쥐고 그녀가 잠들 때까지 놓지 않았다. 한밤중에 잠에서 깬 그는 궁금해졌다. 내키지 않는다는 게 무슨 의미지? 왜 집에 도착했을 때부터 그에게 가까이 오려 하지 않은 거지?

다음날 아침 일찍 그는 알게 되었다. 완 박사를 만난 일과 그 만남 뒤에 놓인 모든 것과 두 사람 앞에 잠재적으로 놓인 모든 것을 그녀에게 말해줄 기회조차 잡기 전에. 완 박사를 만나러 가면서, 성급한 행동을 하지 않도록 스스로를 충분히 타이르지 않아서 비현실적인 세계로 더 깊이 파고들고 말았다는 걸 알게 되었다.

"이제 끝내요." 아침 식탁에서 그녀가 액슬러에게 말했다. 두 사람은 마주 보고 앉아 있었는데, 몇 달 전 그녀가 이미 모험의 길로 들어섰다고 말했을 때 앉았던 바로 그 자리였다.

"뭘?" 그가 물었다.

"이 관계요."

"왜지?"

"이건 내가 원하는 게 아니에요. 내가 실수했어요."

그렇게 끝은 그처럼 갑작스럽게 시작되었고, 삼십 분쯤 뒤에는 불룩한 더플백을 든 페긴이 현관에 서 있고 액슬러가 눈물을 흘리는 것으로 귀결되었다. 두 주 전 그날 밤 주방에서 그가 그렸던 미래와 정반대되는 결말이었다. 그가 완 박사를 만나러 갔을 때 기대했던 것과 정반대되는 결말이었다. 그가 원하는 건 전부 갖지 못하도록 그녀가 방해하고 있었다!

이제 그녀도 울고 있었다. 주방 식탁에서 그 말을 처음 꺼냈던 순간 그래 보였던 것과는 달리 훌쩍 떠나버리기가 쉽지 않은 모양이었다. 그럼에도 그녀는 마음을 바꾸려 하지 않았고, 그가 아무리 눈물로 호소해도 침묵만 지켰다. 남자애나 입을 법한 지퍼 달린 붉은색 재킷을 다시 입고 더플백을 들고 현관 앞에 서 있는 모습이 모든 것을 말해줬다. 그녀는 이런 식의 곤란함을 참아낼 수 있었다. 자리에 앉아서 커피를 마시면서 관계 회복을 위해 허심탄회한 대화를 할 생각이 없었다. 오로지 그를 떠나서, 계속 옮겨다니며 다른 뭔가를 시도하고 싶어하는 인간들의 아주 흔한 소망을 충족하길 원했다.

"전부 없던 일로 만들 순 없어!" 액슬러는 화가 나서 고함을 질렀고, 그러자 둘 중 더 힘을 가진 쪽인 페긴이 현관문을 열었다.

마침내 그녀가 흐느끼며 입을 열었다. "난 당신을 위해 완벽해지려고 노력했어요."

"빌어먹을, 그게 대체 무슨 말이야? 완벽해지는 게 대체 무슨 상관이지? '나한테서 억지로 떠나려 하지 마요. 난 지금 이대로가 좋고, 이 생활을 끝내고 싶지 않아요'라는 말을 믿은 내가 바보였어. 네가 스스로 원해서 그런다고 생각한 내가 바보였다고."

"내가 원해서 한 거 맞아요. 내가 할 수 있는지 정말 알고 싶었어요."

"그러니까 처음부터 끝까지 실험이었군. 페긴 마이크를 위한 또하나의 모험. 소프트볼 투수를 후리는 것 같은."

"난 더이상 당신의 연기 대용품이 될 수 없어요."

"그건 끌어들이지 마! 구역질 나니까!"

"하지만 사실이에요! 당신한테 난 연기 대신인 존재예요! 연기를 못하는 것에 대한 보상이었다고요!"

"내가 이제껏 들어본 것 중 제일 말도 안 되는 헛소리군. 너도 알잖아. 가, 꺼져! 변명거리가 그런 것뿐이라면, 가버려! '우린 모험의 길에 들어섰어요.' 난 모험의 길에 들어선 거였어! 넌 네 생각이 어떻든 내가 듣고 싶어하는 얘기만 했어. 그렇게 해서 네가 원하는 동안 원하는 걸 얻을 수 있었던 거지."

"그런 적 없어요!" 그녀가 소리를 질렀다.

"트레이시 때문이지, 그렇지?"

"뭐가요?"

"트레이시한테 가려고 날 차는 거잖아!"

"그렇지 않아요, 사이먼! 아니에요!"

"넌 내가 직업이 없어서 떠나는 게 아니야! 그애한테 가려고 떠나는 거지! 그애한테 가려는 거라고!"

"내가 어디로 가든 내 마음이에요. 아, 그냥 보내줘요!"

"누가 잡는대? 난 아냐! 절대!" 그는 그의 옷장에 걸려 있었고 서랍에 개어뒀던 그녀의 새 옷을 그녀가 모두 챙겨넣은 더플백을 가리켰다. "섹스 기구들은 다 챙겼나?" 그는 물었다. "그마구도 빠뜨리진 않았겠지?"

그녀는 대답하지 않았지만, 순간 증오의 감정이 그녀를 스쳐 갔다. 혹은 그녀의 눈빛을 보고 그가 그렇게 이해한 것이거나.

"그래." 그가 말했다. "네 장사 밑천인데 다 챙겨 가야지. 이제

네 부모도 다리 뻗고 자겠군. 네가 더는 늙은이랑 어울리지 않으니까. 이제 너하고 네 아버지 사이에 끼어든 침입자도 사라졌군. 넌 방해물에서 벗어났고. 집에서 훈계 들을 일도 없겠어. 안전하게 네 원래 자리로 돌아간 셈인가. 잘됐어. 다음 선수한테 가봐. 어쨌거나 난 널 감당할 기운이 없으니까."

남자가 가는 길에는 수많은 덫이 깔려 있었는데, 페긴이 그 마지막 덫이었다. 그는 허겁지겁 그 덫에 발을 들였고, 세상에서 가장 비겁한 포로처럼 미끼를 물었다. 파국 외에 다른 길은 없다는 사실을 그는 마지막에야 알았다. 있을 법하지 않았다고? 아니, 예측 가능했다. 한참 후에 버림받았다고? 분명 그녀에겐 그가 느꼈던 것만큼 긴 시간이 아니었을 것이다. 그녀를 매혹했던 모든 것이 사라져버리고, 때가 되자 그것은 그녀가 "이제 끝내요"라고 말하게 만들었으며, 그는 살고자 하는 욕심도 비운 채 혼자 그 막대 여섯 개만 지니고 그의 굴로 들어갈 운명에 처했다.

페긴은 차를 몰고 떠났다. 붕괴 과정은 채 오 분도 걸리지 않았다. 스스로 자초한 몰락으로 인한, 이제 결코 회복할 길 없다는 사실로 인한 붕괴.

그는 다락방으로 올라가 하루종일, 밤이 이슥해질 때까지 주저앉아 있었다. 산탄총 방아쇠를 당길 각오를 다지면서, 그리고 간간이 당장 아래층으로 달려내려가 집에서 자고 있을 제리 오펜하임을 깨울까, 당장 해머턴에 전화해 담당 의사와 통화해볼까, 당장 911에 전화할까 하는 생각을 하면서.

그리고 그날 내내 열두 번도 더, 당장 랜싱에 전화해 에이서에게, 이 배신자 개자식 네놈이 페긴이 내게 등을 돌리게 만들었지, 하고 말할 뻔했다. 그래서 이런 일이 벌어진 거라고 그는 확신했다. 페긴이 내내 그와의 연애에 대해 가족에게 알리고 싶어하지 않은 건 옳았다. "두 분은 당신과 아주 오래전부터 알고 지냈잖아요." 그가 페긴에게 왜 자신의 존재를 비밀로 하려 하느냐고 물었을 때 그녀가 한 대답이었다. "같은 연배이기도 하고요." 맨처음 그가 페긴에게 자기가 직접 가서 에이서와 얘기해보겠다고 제안했을 때 미시간으로 갔다면, 어쩌면 그가 이길 기회가 있었을지도 모른다. 하지만 이젠 에이서에게 전화해봤자 아무것도 얻지 못할 것이다. 페긴은 떠났다. 트레이시한테 갔다. 라라한테 갔다. 포니테일을 한 투수한테 갔다. 그녀가 어디로 갔든, 이제 그는 고환 세포가 이미 팔백 번 넘게 분열한 나이에 아버지가 되는 데 따르는 유전적 위험성에 대해 걱정할 필요가 없어졌다.

저녁때쯤 그는 더는 자신을 억누르지 못하고 총을 든 채 다락방에서 내려와 전화기 앞으로 갔다.

캐럴이 전화를 받았다.

"나 사이먼 액슬러야."

"아, 그래. 안녕, 사이먼."

"에이서 좀 바꿔줘." 그의 목소리가 떨렸고, 심장박동도 빨라졌다. 그는 통화를 계속하기 위해 식탁 의자에 앉아야 했다. 연기를 하기 위해 가까스로 무대에 올랐던 그 마지막 워싱턴 공연에서 느꼈던 기분과 같았다. 어쩌면 루이즈 레너가 복수심에 불타 한밤중에 스테이플퍼드 부부에게 전화해 그들의 딸과 액슬러와의 관계에 대해 떠들지 않았다면 이런 일은 결코 일어나지 않았을지 모른다.

"괜찮아?" 캐럴이 물었다.

"별로 괜찮지 않아. 페긴이 날 떠났어. 에이서 좀 바꿔줘."

"에이서는 아직 극장에 있어. 거기 사무실로 전화해봐."

"바꿔달라고, 캐럴!"

"방금 말했잖아. 아직 집에 안 왔다고."

"정말 멋진 소식 아냐? 한시름 놨지? 이제 딸자식이 비실비실한 늙은이 뒤치다꺼리할까봐 걱정하지 않아도 돼. 이제 딸자식이 미치광이 관리인이 되거나 병자 간병인이 될까봐 걱정할 필요도 없다고. 그렇지만 너희가 전혀 모르는 이야길 내가 하고 있는 것도 아니야. 너희가 어떤 식으로 일조했는지 너희도 알잖아."

"페긴이 당신을 떠났다고?"

"에이서하고 통화해야겠어."

잠시 침묵한 뒤 그와 다르게 완벽하게 평정을 유지하고 있는 그녀가 말했다. "에이서한텐 사무실로 전화하면 돼. 전화번호를 가르쳐줄 테니까 거기로 전화해봐."

이제 그는 전화를 걸기로 작정했을 때만큼이나 알 수 없었다. 자신이 옳은 행동을 하고 있는 건지, 잘못된 행동을 하고 있는 건지, 나약한 행동인지, 강인한 행동인지 알 수 없었다. 그는 주방 식탁에 총을 내려놓고 캐럴이 불러주는 전화번호를 받아 적은 뒤, 더 아무 말 않고 전화를 끊었다. 만약 연극에서 이런 배역이 주어졌다면, 그는 어떤 식으로 연기했을까? 어떤 식으로 전화를 걸었을까? 떨리는 목소리로, 아니면 단호한 목소리로? 위트 있게, 아니면 잔인하게 하거나 절교하거나 격분하며? 그는 맥베스를 어떻게 연기할지 답을 찾지 못했던 때만큼이나 알 수 없었다. 스물다섯 살 어린 연인에게 버림받은 늙은 연인 역을 어떻게 연기해야 하지? 캐럴이 수화기를 들고 있는 동안 방아쇠를 당겨 자신의 머리통을 날려버렸어야 하지 않았을까? 그거야말로 이 배역을 연기하는 최선의 방법이 아니었을까?

물론 그는 그만둘 수도 있었다. 이쯤에서 당장 미친 짓을 그만둘 수 있었다. 에이서한테 전화한다고 페긴을 되찾을 수 있는 건 아니었지만, 그럼에도 그는 다이얼을 돌렸다. 그는 그녀를 되찾으려고 애쓰는 것이 아니었다. 그녀를 되찾을 방법은 없었다. 그런 게 아니었다. 그는 단지 이류 여배우를 아내로 두고 어디 붙어 있는지도 모를 지방 극장에서 극장주라고 우쭐대는 이류 배우에게 허를 찔려 속아 넘어가지 않으려는 것뿐이었다. 스테이플퍼드 부부는 뉴욕 연극 무대에서 성공하지 못했고, 캘리포니아 영화계에서도 성공하지 못했다. 그는 생각했다. 그래서 상업적으로 타락한 업계에서 멀리 벗어나 극예술을 하고 있는 거지. 그래, 그는 뛰어난 것과 거리가 먼 두 사람에게 질 수 없었다. 여자의 부모에게 꼼짝없이 당하는 남자애가 되진 않을 것이다!

신호음이 딱 한 번 울렸을 뿐인데 에이서가 전화를 받더니 인사를 했다.

"페긴이 날 떠나게 해서 자네가 얻은 게 뭐지?" 액슬러는 끓어오르는 분노를 주체 못하고 고함치기 시작했다. "자넨 애당초 그애가 레즈비언이라는 사실을 참을 수 없어했잖나. 그애가 그랬어. 자네나 캐럴이나 다 못 견뎌했다고. 그애가 그 얘길 했을 때 소름끼쳐했다고. 그런데 나하고 지내면서 그앤 그걸 다 그만두고, 새로운 삶에 스스로 눈뜨고, 그러곤 행복해했어! 자넨 우리 둘이 함께 있는 걸 한 번도 본 적이 없지. 페긴하고 난 행복했다고! 그런데 나한테 고마워하긴커녕 얼른 짐을 싸서 나를 떠나라고 그애를 닦달했어! 다시 레즈비언으로 돌아가는 게 나하고 지내는 것보다 낫다는 거지! 왜지? 왜냐고? 설명 좀 해보시지."

"일단, 사이먼, 좀 진정하게. 장황한 비난을 계속할 거라면 난 안 듣겠네."

"우리가 처음 만났을 때부터 특별히 내가 싫었던 건가? 시샘인가, 에이서, 아니면 복수심, 아니면 질투심? 내가 그애한테 무슨 해를 끼쳤지? 나는 예순여섯이고 일도 하지 않고 척추에 문제도 있어. 이 가운데 뭐가 두려운 거지? 자네 딸한테 위협이 될 게 뭐가 있느냐고? 그런 것들 때문에 그애가 원하는데도 해주지 못한 게 뭐가 있나? 내가 할 수 있는 건 뭐든 해줬어! 생각할 수 있는 모든 수단을 동원해 그애를 만족시켜주려 애썼다고!"

"나도 자네가 분명 그랬다고 생각하네. 그애도 캐럴하고 나한테 그렇게 말했고. 자네가 베푼 관대함에 트집 잡은 사람은 아무도 없었고, 지금도 그래."

"그애가 떠났다는 걸 아는군."

"아네."

"전에는 몰랐고?"

"몰랐지."

"못 믿겠군. 에이서."

"페긴은 저 하고 싶은 대로 하는 애야. 평생 그렇게 살아왔네."

"페긴은 자네가 원하는 대로 했어!"

"난 아비로서 딸을 걱정하고 딸한테 조언할 자격이 충분히 있네. 만약 그러지 않는다면 태만한 거지."

"하지만 우리 사이가 어땠는지 아무것도 모르면서 무슨 '조언'을 해줄 수 있었다는 거지? 자네 머릿속은 자네 차지가 되었어야 할 모든 명성과 모든 성공을 훔쳐간 내 모습으로 꽉 차 있었겠지! 공평치 못하다고 생각했겠지, 에이서, 내가 페긴까지 차지하는 게!"

그 대사는 홧김에 내뱉듯 말하는 대신 농담을 하듯 했어야 하지 않았을까? 정신 나간 소리처럼 들리게 하는 대신, 일부러 과장하며 상대 신경을 긁듯 조용히 조소하듯 말했어야 하지 않았을까? 아, 그냥 내키는 대로 연기해. 액슬러는 자신에게 말했다. 어쩌면 너도 모르는 사이에 농담을 하듯 연기하고 있는지도 모르지.

그는 눈물을 혐오했지만 갑자기 다시 울음이 터져나왔다. 수치심과 상실감과 분노가 한데 얽혀 나오는 울음이었고, 그래서 그는 애초에 절대 걸지 말았어야 했던, 에이서에게 건 전화를 끊어버렸다. 결국 이 모든 벌어진 일들에 대한 책임은 그 자신에게 있었으니까. 그랬다, 그는 상상할 수 있는 모든 방법을 동원해 페긴을 만족시켜주려 애썼다. 그래서 어리석게도 트레이시를 그들의 생활에 끌어들였고, 모든 걸 수포로 만들었다. 하지만 당시에 그가 어떻게 그런 결과를 예견할 수 있었겠는가? 트레이시는 숱한 연인들이 재미나 흥분을 위해 즐기는 유혹적인 섹스 게임의 가담자일 뿐이었다. 술집에서 여자를 꾄 것이 그가 영원히 페긴을 잃는 결과를 낳으리라고 어떻게 예견할 수 있었겠는가? 좀 더 똑똑한 사람이었다면 더 잘 알았으려나? 아니면 푸로스퍼로와 맥베스를 연기할 때 행운이 그에게서 등을 돌렸던 것의 연장선상에 있는 일인가? 이 모든 게 어리석음에서 비롯된 건가, 아니면 단지 죽음이라는 최후에 한층 더 깊이 파고들어가는 나만의 방식인가?

그리고 그 트레이시라는 여자가 뭐라고? 시골 골동품 가게에 최근에 취직한 점원. 시골 호텔 바에서 혼자 있던 주정뱅이. 그런 여자를 액슬러와 비교한다고? 말도 안 되는 소리! 어떻게 그가 트레이시 때문에 추락할 수 있지? 어떻게 그가 에이서한테 패할 수 있지? 페긴이 그를 버리고 트레이시한테 간 건 알고 보면 귀여운 딸로 아빠 품에 다시 안기기 위해서가 아니었을까? 페긴이 트레이시 때문에 떠난 게 아니라고 가정해보자. 혹은 가족의 반대 때문에 그를 떠난 게 아니라고. 그럼 그의 어떤 점이 페긴에게 혐오감을 불러일으킨 거지? 왜 갑자기 꺼리게 되었지?

그는 총을 들고 페긴의 서재로 들어가 둘러보았다. 페긴이 빅토리아가 고른 벽지를 뜯어내고 복숭앗빛으로 칠한 그 방, 그가 아무런 망설임 없이 자신을 그녀에게 내주었던 것처럼 페긴이 그녀의 것으로 만들어버린 그 방을. 그는 그녀가 썼던 책상 의자 등받이에 총을 한 방 갈기고 싶은 충동을 억누르고, 대신 그 의자에 앉았다. 그리고 그녀가 자기 집에서 가져와 책상 옆 책장에 꽂아두었던 책들이 전부 치워졌다는 걸 처음으로 알았다. 언제 책장을 다 비웠지? 그를 떠나겠다고 결심한 지 얼마나 된 걸까? 이 방의 벽지를 뜯어낼 때도 줄곧 그런 생각을 하고 있었던 걸까?

이제 그는 책장에 총을 갈겨버리고 싶은 충동을 억누르고, 대신 그녀의 책들이 있었던 빈 선반을 손으로 죽 쓰다듬었다. 그리고 지난 몇 달 동안 어떻게 했어야 그녀가 계속 머물고 싶어했을까 하는 부질없는 생각에 골몰했다.

적어도 한 시간은 족히 지난 뒤 그는 페긴의 방에서, 페긴의 의자에서 죽은 채로 발견되지는 않겠다고 결심했다. 죄인은 페긴이 아니니까. 말뚝처럼 그의 몸에 꽂혀 있는 당혹스러운 경력과 마찬가지로, 그 실패도 자신의 것이니까.

에이서에게 전화를 걸고 나서 꽤 시간이 흐른 뒤, 자정 무렵 쯤―그 몇 시간 전에 그는 다시 다락방에 돌아왔다―그는 총신을 입안에 집어넣긴 했으나 차마 방아쇠는 당기지 못했다. 그는 자그마한 몸집의 시블 밴 뷰런을, 교외 주택가에서 흔히 볼 수 있는 평범한 주부로 체중이 100파운드*도 안 나가지만 자신이 작정한 일을 해치운, 무시무시한 살인자 역을 맡아 성공적으로 연기해낸 그녀를 떠올려보라고 자신을 다그쳤다. 그래, 그는 생각했다. 그녀가 자신에게 악귀 같은 존재였던 남편에게 그토록 끔찍한 짓을 할 힘을 끌어낼 수 있었다면, 나도 최소한 나 자신에게 이 일을 할 수 있을 거야. 그는 무자비한 최후를 계획해 실행한 그녀의 강인함을 머릿속에 그려보았다. 어린 두 아이를 집에 남겨두고, 오로지 한 가지 생각만 하며 별거중인 남편의 집을 향해 차를 몰아가서, 계단을 걸어올라가고, 초인종을 누르고, 사냥총을 들어올리고, 그리고 남편이 문을 열었을 때 주저 없이 코앞에서 두 발을 발사하기 위해 그녀가 동원한 무정한 광기를. 그녀가 할 수 있었다면, 나도 할 수 있다!

시블 밴 뷰런이 용기의 기준이 되었다. 마치 간단한 한두 마디가 세상에서 가장 비현실적인 일을 실행할 수 있게 해주기라도 한다는 듯 그는 그 격려의 말을 되풀이해 중얼거렸다. 그녀가 할 수 있었다면, 나도 할 수 있다, 그녀가 할 수 있었다면…… 마침내 연극에서 자살을 하는 것인 척하면 되겠다는 생각이 떠오를 때

---

* 약 45킬로그램.

까지. 체호프의 희곡을 연기하는 것처럼. 이보다 더 딱 들어맞을 수 있을까? 이것으로 다시 연기의 세계로 돌아가는 것이다. 그리고 그는 한 레즈비언의 십삼 개월간의 실수이자, 터무니없고 치욕스럽고 허약하고 하찮은 존재이므로 이 일을 해치우기 위해서는 그의 모든 걸 걸어야 할 것이다. 마지막으로 상상을 현실로 만드는 데 성공하기 위해 그는, 다락방은 극장이고 자신은 「갈매기」 마지막 장면의 콘스탄틴 가브릴로비치 트레플레프인 척해야 할 것이다. 연극계의 젊은 천재로 시도했던 모든 것을 다 이루고 원했던 모든 것을 다 성취했던 이십대 중반 때 그는 체호프의 그 희곡에 등장하는 젊은 작가 지망생을 연기했었다. 모든 면에서 자신을 낙오자라고 느끼고, 일과 사랑에서의 실패로 자포자기하는 인물이었다. 액터스 스튜디오 브로드웨이에서 상연된 그 「갈매기」로 그는 뉴욕에서 처음으로 크게 성공을 거두었고, 확신과 비범한 감각이 돋보이고 누구도 예상 못한 뜻밖의 상황으로 모두를 이끄는, 그 시즌에 가장 촉망받는 젊은 배우로 떠올랐었다.

그녀가 할 수 있었다면, 나도 할 수 있다.

그주 후반에 청소를 하러 온 여자가 다락방 바닥에서 그의 시신을 발견했을 때, 그의 옆에는 이렇게 적힌 쪽지가 놓여 있었다. "사건의 진상은 콘스탄틴 가브릴로비치가 총으로 스스로를 쏘았다는 것이다." 그것은 「갈매기」의 마지막 대사였다. 확고하게 자리잡았던 무대의 스타, 한때는 배우로서 명성이 자자했고, 전성기에는 그를 보기 위해 몰려든 사람들로 극장이 인산인해를 이루었던 그가 그 역을 훌륭하게 해냈던 것이다.

지은이 **필립 로스**
1998년 『미국의 목가』로 퓰리처상을 수상했다. 그해 백악관에서 수여하는 국가예술훈장
을 받았고, 2002년에는 미국 문학예술아카데미 최고 권위의 상인 골드 메달을 받았다.
전미도서상과 전미비평가협회상을 각각 두 번, 펜/포크너 상을 세 번, 영국 WH 스미스
문학상을 두 번 수상했다. 2005년에는 『미국을 노린 음모』로 미국 역사가협회상을 받았
으며, 2011년 백악관 국가인문학훈장과 맨부커 인터내셔널 상을, 2012년 스페인 아스
투리아스 왕세자 상과 2013년 프랑스 코망되르 레지옹 도뇌르 훈장을 받았다. 2018년
세상을 떠났다.

옮긴이 **박범수**
경희대학교 영문과를 졸업했고 동대학원에서 영문학 석사학위를 받았다. 출판 편집자를
거쳐, 현재 전문 번역가로 활동하고 있다. 옮긴 책으로 『유령 퇴장』 『휴먼 스테인』 『전쟁
중독』 『본다는 것의 의미』 『판타지 공장』 『이혼의 역사』 『피의 역사』 등이 있다.

문학동네 세계문학
전락

1판 1쇄 2014년 9월 25일 | 1판 2쇄 2019년 9월 18일

지은이 필립 로스 | 옮긴이 박범수 | 펴낸이 염현숙
책임편집 김경미 | 편집 류현영 오영나 | 독자모니터 전혜진
디자인 김현우 이원경 | 저작권 한문숙 김지영
마케팅 정민호 정진아 함유지 김혜연 박지영 김수현 | 홍보 김희숙 김상만 오혜림
제작 강신은 김동욱 임현식 | 제작처 한영문화사(인쇄) 경일제책(제본)

펴낸곳 (주)문학동네
출판등록 1993년 10월 22일 제406-2003-000045호
주소 10881 경기도 파주시 회동길 210
전자우편 editor@munhak.com | 대표전화 031) 955-8888 | 팩스 031) 955-8855
문의전화 031) 955-3579(마케팅) 031) 955-2652(편집)
문학동네카페 http://cafe.naver.com/mhdn | 트위터 @munhakdongne

ISBN 978-89-546-2582-1 03840

www.munhak.com